U0476729

火焰・归雁

庐隐 著

图书在版编目（CIP）数据

火焰·归雁 / 庐隐著. -- 济南：泰山出版社，
2024.9. --（中国近现代名家中长篇小说精选）.
ISBN 978-7-5519-0872-6

Ⅰ.I246.5

中国国家版本馆CIP数据核字第2024LS1456号

HUOYAN GUIYAN

火焰·归雁

责任编辑　程　强
装帧设计　路渊源

出版发行　泰山出版社
　　　　社　　址　济南市泺源大街2号　邮编 250014
　　　　电　　话　综 合 部（0531）82023579　82022566
　　　　　　　　　出版业务部（0531）82025510　82020455
　　　　网　　址　www.tscbs.com
　　　　电子信箱　tscbs@sohu.com
印　　刷　山东通达印刷有限公司
成品尺寸　165 mm×240 mm　16开
印　　张　12
字　　数　150千字
版　　次　2024年9月第1版
印　　次　2024年9月第1次印刷
标准书号　ISBN 978-7-5519-0872-6
定　　价　39.00元

凡 例

一、本书收录了作者的经典中长篇小说，主要展现了作者的思想情感、审美旨趣与价值观念，以及当时的时代风貌等。

二、将作品改为简体横排，以符合现代阅读习惯。原文存在标点不明、段落不分等不便于阅读之处，编者酌情予以调整。

三、作品尽量依照原作，保持原作风格及其时代韵味，同时根据需要，对原文进行了适当的删减和订正。

四、对有些当时惯用的文字，如"的""地""得""作""做""哪""那""化钱""记帐"等，仍多遵照旧用。

目 录

火焰　/001
归雁　/101

火焰

一

　　晴朗不染片云，而满缀了闪烁繁星的夜幕，正笼罩着黄浦江边的上海市。这市里包容三百万的民众，和全世界的各国的侨民，荟萃人类各式的生活。它是一匹神秘的怪兽，从它所喷吐出来的，有玫瑰般的甜蜜气息；有地狱里鬼魔的咆哮；有快乐的呼喊；也有惨凄的呻吟。你只要站在那热闹的十字街头，你便可以看见种种不同的面孔和灵魂了。

　　但假如你只肯站在西藏路一带的旅馆的最高层楼上，你所看见的都是充满活力和繁华的上海。当你很闲暇的倚着露台向前望去，你要惊讶得叫起来，除了歌颂夜景下的繁华和富丽外还能另有话说吗？含有水仙和腊梅花香的夜气，回荡于冷静的夜里，五色的电灯如彩虹般环绕在大马路的公司旅馆；跳舞场上，那灼灼逼人的光彩使天上的群星都羞避于天幕后；电车的轨道交叉环绕；那飞龙猛虎般的电车汽车，迎着冬夜的寒风向前飞驰；许多青年的男女，阔绰的绅士，穿过熙攘的人群，去追寻夜的狂欢。

　　在跑马厅对面有一所巍然的跳舞厅，从窗楼射出醉人的玫瑰色的光华，回荡灵魂的音乐正交响着，香槟的香气和舞侣们轻盈的身影，使路过的人们停止了前进。

　　九点一刻左右，门前停住一部小小的汽车，从里面走出一位西装青年，披着黑呢狐皮大氅，头上戴着水獭皮帽匆匆的推开跳舞厅的门进去了。舞场里音乐协和声中，一对对的男女正从容的舞

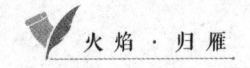

着。他悄悄越过人丛中，坐在茶桌旁的一张椅子上。茶房拿过香槟酒来，照例的满斟了一杯。他喝着香槟微笑的看着那些熟习的舞女与朋友们。不久乐声停止了，人群中走出一个年约二十四五岁的舞女，她身上穿着薄绸的单旗袍，身材很丰满，走起路来，显出曲线的颤动与袅娜。

"哦，晚安，林先生！"她说："今夜你来得特别迟，我们已经舞过两场了。"

"真的迟了，不过我们可以晚些散。"他说："你也来一杯香槟，还是来一杯柠檬茶？"

"就是香槟吧，你知道在舞场里，不喝香槟，跳舞就要失色的呀！"

"是的，香槟可以帮助舞姿的活跃与迷醉。来，我们干一杯，祝彼此的健康吧！"

"喂，老林，让我们来祝中华民国的胜利，"一个身材魁伟的青年，从对面桌上，奔了过来，手里端着满满一杯的香槟。

"胜利，那只是刺人痛的一声符咒，中国那一天会有胜利？就是今天日方提出的四条件，不也是忍辱屈伏了吗？这就是外交失败！……我们只好说祝我中国有雪耻的一天……好，朋友！能这样就不错，干杯吧！"他们果然端起满杯的香槟酒，在兴奋的心情中咽下去了。

"听说在六点钟的时候，形势很严重，如果市长不在那时候把使对方满意的复文送到，日本海军陆战队就要开火呢！"那个身材魁伟名叫王琪的青年说。

"这到底是怎么一回事呢？王先生！"舞女怀疑的问。

"最先的起因，是为了日本的几个僧人同中国人冲突，听说有一个僧人受了重伤，日本政府一面提出抗议，而日本浪人却同时谋报复；在一天下午结队成群的跑到纯粹国货的二友实业厂暴动起来，而日方认为这次暴动是他们民众的公意，是非常合理的。因此提出四条非理的条件：最重要的是不许中国民众自动爱国，取销一切的反日团体，……"

"中国答应了他们吗？"舞女问。

"怎能不答应呢，唉，弱国讲不起公理啊！"林先生似乎愤慨的说。

"好了，现在总算平安无事了，第三场的音乐开始了，我们去跳吧！"舞女很娇媚的站了起来，林先生也忘了适才的愤慨，搂着她的腰随着音乐向场中舞去，王琪也寻到了舞伴。他们快活的舞着，低声的亲切的谈着，全场中充满了女人肌肉的温香，与陶醉的情流。在这里面的男男女女，都是另自创造，一个超人间的世界！

窗外鼓动着凄清的气流，枝落秃的树干，如山魈般狰立在路旁，这些都与正在酣舞中的男女不发生关系。

忽然门外走进一个青年，神色仓皇的叫道：

"王琪先生！"

王琪忙丢下舞女奔到门口问道："老张，什么事？"

"形势严重，快些回去吧。你们老太太急得要命，打电话，四处找你，……我家里也都逃到法租界亲戚家去了。"

"不是没有事了吗？怎么忽然又严重起来！"

"日本人得寸进尺，现在又提出条件叫我们驻在闸北的中国军队立刻退出上海，这不太岂有此理吗？"

"我们的军队退不退？"

"政府当然是仍旧不想抵抗，可是驻扎这里的军队听说不肯退呢！"

这的是一个惊人的消息，自这两个青年匆匆走后，其他的舞客也都不敢留恋的回去了，那时正是十一点三十分。

青年林文生和他的朋友握别，各自跳上汽车走了。林文生家

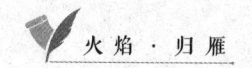

住在天通庵路,当他的车子开到北四川路的时候,果然看见零零落落的日本水兵,在那里张望。街上行人几乎绝迹。当他到了家门口时,只见电灯已经全熄,静悄悄的一点没有声音,他用力的揿动门铃。不久一个娘姨出来开门,见了他道:

"少爷,你到楼上去吧,老太太同少奶奶小姐等你不回来,他们先到租界上去了,给你留了一张字条叫你回来看了地址,立刻就去,……"

"轰"的一声,不知从什么地方来的大炮,震动得窗棂撒撒发抖。

"呀,打起来了!"娘姨胆小的哭丧着脸说。

林文生急急的走上楼去,只见屋子里的橱柜的屉子都已锁了,一切零星的东西,也都收拾一空。他向着写字台,果然见上面放着一张纸条写道:

"消息不好,这地方恐要变成战区,久等你不回,我们先走了,你回来立刻到法租界金姨家找我们。

妹芬"

林文生将字条揣在怀里,又到处看了遍走下楼来。忽听见门口有沉重的脚步声,他悄悄开了大门,只见门前已堆满了沙袋,几个身材短小,而精神活泼的兵士,在掘战壕。林文生向前才迈步,忽听一个广东口音的兵士说道:

"喂,你到那里去?前面已经开火了!"

林文生一听是同乡的口音,于是便和他打起乡谈来道:

"我想到法租界去!现在前面走不过去,也没法,让我来帮助你们掘地壕吧!"

他们正在谈着,远远已听见铁甲车在深夜寂静的马路上,向这边驰来。他们的战壕已经掘好;兵士们也已把沙袋堆,里面共藏着四个兵士和林文生。铁甲车的声音越来越近,其中有一个姓梁的小排长,他叫他们都伏在壕里不要作声,而他自己一面吸着香烟,一面静静的听。林文生悄悄的问道:"敌人来了,怎么还不开枪?"

"不忙!离这里还远呢,等他们走近再给他几枪,子弹就不至白费了。"林文生听了这话,看了这些沉着不忙的兵士态度,他竟忘了战争的恐怖,而感着新奇的兴趣。

不久梁排长轻轻说道:"弟兄们预备!"黑影中已看见庞大的铁甲车,如一只恶兽般的奔来。上面的机关枪无目的的扫射了一阵。梁排长放下烟卷,一面将手一挥。四个人一齐搬动枪机,对准铁甲车放去。一阵浓烟过去,前面那辆铁甲车上的一个兵士已中弹了,其余的一个失了帮手,机关枪也失了效用。于是他们从战壕里窜了出来,拚命的向前一涌。那铁甲车中的兵士,莫明其妙的伸出头来观察敌人的踪迹,而梁排长已拔出身上的大刀,向那人头上一挥,一道红光迸射,一颗圆滚滚的人头已落了地。而后面另一辆铁甲车里的兵士,知道前面失了事,拚命的开机关枪,但是那四个人一声不响的伏在地下,等他们的枪弹开尽了,于是跳上车去,把那车上的两个敌兵也用大刀结果了性命。他们轻轻易易夺了两辆铁甲车,同时又把那四个死尸身上的军衣和枪弹都拿了下来,一面派两个兵将铁甲车开回后方。梁排长同一个兵士,仍回到战壕来,林文生迎着欢呼道:

"真打得痛快!我以为日本兵有多凶呢,原来也很容易对付!"

"他们都是些少爷兵,打扮得多整齐,但是你要知道二十多年来他们并不曾有过战争,打仗专靠书本上的知识是差点事。"梁排长说。

他们正在谈着,暗影中又来了几个中国的哨兵,他们帮同守住这里的战壕。但很久不再有敌人到这边来,只听见密繁的枪声和炮

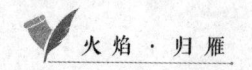

声从闸北那面传来。

不久东方露出鱼肚白的颜色来，天渐渐的亮了，梁排长对林文生说道："林先生，你先到你家里躲一躲吧，等有救护车来时，你便同他们一齐出去。"

这如暴风雨般的战争，在这个论调下向前进展着。

二

黄昏的时候，天色更加阴沉了，天上凝聚着极厚的彤云，气压很低，西北风如虎啸般吼着，多坏的天气呀！可是当我们听见第一、二营都要从大场调到这里来的消息，我们什么都不愁了，坏天气对我们又有什么关系呢？因为第一营第四连小排长张权和第二营第十七连列兵谢英当然也是随营而来的，那末我们又得快欢一场了。于是我立刻回到帐棚里约了排长黄仁，铁道炮队队兵刘斌去看他们。

谢英是个小身材，凸起的额头下面藏着一对深陷而敏锐的眼睛，他面部的轮廓和蓬勃的精神都表现着广东人的特色，今年只十九岁。他是我们这里第三营第五连排长黄仁的同乡，并且也是幼年的同学。但是黄仁却像是江浙人，他面部的表情，非常温柔静雅，假使他不说话，不动作，谁也不相信他不是江浙人，自然这也因为他曾受过两年的大学教育，当他脱离文人生涯而投身军队的时候，也只有二十岁，今年是二十三岁。

那个长着（侥）〔绕〕腮胡子根的张权呢，他本是一个铁匠生意人，后来因为买卖蚀本，铁匠店倒闭，他便投身军队；他是我的同乡，而且他的铁匠铺就在我家的隔壁，同时也是邻居。

刘斌是 个头脑清楚，而举动很诙谐的人。他的家乡在湖北，我们曾在兵工讲习所同过两年学,今年二十一岁;他是对什么事都没有严重性的人,就是在和敌人肉搏的时候,他也似乎是在开着玩笑。他的确很可亲近,我们若缺少了他一定要减少许多的生趣呢。

最后该介绍到我自己了。我是陈宣,第十九军第十三营第五连的上等兵;我的家乡在湖南,当我十八岁的时候,在家乡的初中毕业后因为闹土匪,家里情形很坏,有田不能种,所以就决意出来找出路。那时在一个朋友家里碰到刘斌,我们谈得很投机,后来便一同进了兵工讲习所,在那里住了两年,就到军队里服务……我离开家乡整整五年了,父亲前年死了,只剩下一个孤零的母亲;前天接到母亲托人带来的家信,说是我的年龄不算小了,而我的婚姻还不曾解决,她很不安心,嘱我得机会请假回去一趟。这当然是很合理的提议,而且我的未婚妻,也很能使我满意,结婚自然是美满的生活。未婚妻是我的表妹——我姑母的女儿,她也曾进过乡村小学,可是她从来不给我写信。她是一个乡间纯朴的女孩,生成一张椭圆形的面庞,两颊泛溢着健康的血晕,好像西天晚霞似的绯红;一双伶俐而没有机诈的黑色眼睛,和浮着天真笑意的花瓣似的唇,多么可爱呢!要不是这几天消息太坏,我决定请假回去了,而现在这些事只好暂且搁置起来了。我将来也许叫她们到上海来。

我们到了张权、谢英部队驻扎的地方,正好他们也刚从帐棚里出来,今夜我们正好都轮到休息的日子,所以我们很自由了。晚饭后我们请了假,一同奔江湾一座酒楼里来,拣了一间雅座坐下。我们先泡了一壶茶,又要了五斤白干,和几色小菜,今夜我们打算大大的乐一场;因为以后的命运谁都料不定,军人的生活,真是多么渺茫呀!上峰一个命令下来,我们便要忘掉一切,开始和敌人拚命。那末跟着来的结果,就是总有一方面要卧在血泊里了账的。

今夜我们乐得像是发了狂,吸着美丽牌的香烟,烟缕丝丝的在寒气中回荡;后来,伙计拿上白干来;我们每人干了一杯,浑身渐

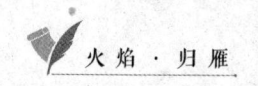

渐的暖和起来，再喝上几杯，面孔都像是猪肝般又紫又红，尤其是张权简直红得变成紫葡萄的颜色了。

"宣哥，听说你的姑妈催你回去，和你表妹结婚，你到底几时回去？也让我们喝杯喜酒呀！"刘斌笑嘻嘻向我说。

"别提了，这个局面，还有什么工夫结婚？"我说。

"听说我们的陈大嫂——就是你的令表妹，样子是刮刮叫，你把像片拿出来，让我们兄弟们瞻仰瞻仰不好吗？"刘斌又向我挑衅了。

我说："老刘，你别挖苦我了，我们乡下女孩子有甚刮刮叫……倒是你的情人喜姐现在怎么不来了？"

老刘的脸红起来。可是他还是笑嘻嘻的说道："喜姐吗？等老子那天发了财，作了大官，你看她来不来！"

"喂！老刘用不着什么大官，你只要有钱也开一座绸缎店，喜姐敢保还是回到你怀里来！"黄仁打趣他，因为他的情人喜姐现有的新相知，正是一个开绸缎店的小老板呢！

"算了，这种女人有什么提头，我们还喝我们的酒吧！"刘斌有些感慨似的，只顾端着白干往嘴里送；后来他简直灌醉了，放起喉咙唱起朱买臣的《马前泼水》来。他一面唱，一面比手势，我们看了他那疯癫的样子，简直笑得肚皮疼。十点钟了，远远听见更夫敲更鼓的声音，我们回到营里，天上正在下雪，细小的水点，和着冷风扑在我们灼热的脸上。

现在我们五个人都调到闸北的防地来。今天一早，东方才有些淡白色，我们已经奉命，到虬江路宝山路一带去装置铁丝网。我们先到军需处拿了木架铁荆棘，然后分成二小队，每队七个人，把铁荆棘缠在木架上，安放各重要的路口。谢英不小心被铁荆棘刺伤了手，血随着大拇指直滴下来。

十二点钟我们才换防回去吃午饭，我们都有些疲乏了，爬到营棚里倒头便睡；并且今夜该轮到我们这一连作夜工，我和黄仁更觉得不能不趁这时休息休息。刘斌今天轮到守炮位，六点钟才换防，张权、谢英到青云路一带去布防了。

今天还是阴沉的坏天气，夜里的冷风细雨侵着我们的肌肤，但我们在九点钟左右，依然出发了。我们每人都拿着器械，挖掘战壕，我们拚命的，手不停的把平地掘了一个宽约一丈左右、深一丈上下的战壕。然后上面用铁板盖好，用浮土掩埋，使（它）和平地没有差别，如此敌人便窥察不出。同时另掘了交通地道，周转灵便；这种的工程，从前剿匪的时候也曾用过，这次我们作得更坚固。天亮时，来了一辆大卡车，把我们换回后方，我们吃喝了一顿，又是倒头便睡着了。

下午谢英和张权换防回来，我们几个人又聚在一堆了。

"喂，这次战事怕免不了了！"谢英说。

"你听到什么消息？"刘斌慌忙的问。

"今天我见到五六一旅的秘书袁先生，他告诉我一个坏消息，他说日人自从夺了我们的东北以后，他的野心还不够，要想乘我天灾正盛，政府没有办法的时候，侵占我国腹地上海，然后控制长江流域，把我们最富丽的地方得到手；一面再从东北进兵占据华北，这样一来，我们中国的版图就完全属于日本之手了……所以才有日本浪人焚烧我们的三友实业厂的事情发生，这原是一根引火线，等到那一天，引火线燃到火药库的时候，自然免不了有爆烈的事实。这样看起来，上海是免不了卷入战争的。他如果来侵占上海，那我们当然是首当其冲。……"

谢英这一段的报告，不知为什么使我们都兴奋起来了。说到战争，的确是可怕的，它所造成的结果，是悲惨、死亡、破灭。尤其是打内战，自己人对着自己人瞄准开枪；我们到底有什么深仇，要这样咬牙切齿的杀戮？我们的长官训诫我们，临阵要努力杀敌，

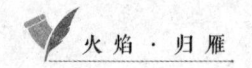

不要回头，才是真正的卫国军人。可是我们杀了我们自己人，与卫国又发生什么关系呢？因此我们每次打内战，谁都软瘫瘫的提不起精神，并且总要先发两个月的饷，然后动动枪杆；有时看见对方，不但不是敌人，而且还是熟人，这枪机怎么扳得动？大家向空放一枪，比比架式就算了。所以我们有时真不明白，我们为了什么要当兵？我们为了什么要打仗？

"假使日本人真来时，我们就和他拚一拚，看看他到底有多厉害！"黄仁兴奋的说。

"厉害不厉害，我们不敢说，可是他们头上戴着灼灼亮的钢盔；身上穿着厚黄呢的军装；脚上黑亮的皮靴，在马路上横冲直闯，神气却是十足呢！"刘斌说。

"管他多神气，他总也是个血肉作战的人，枪子穿过他身上时，一样的要挂彩；而且战争要是为了正义，自然理直气壮，我们虽然样子太狼狈，可是我们的心，却是光明的，怕他们什么？"黄仁说。

在我们谈话的时候，第五营第六连连附秦国雄进来了，他是一个聪明而有谋略的人，他今年才二十岁已经作了连附，并且他还很喜欢文学，有时也学作一两首小诗。

他坐下来，一面吸烟一面说道："日本人真荒唐，他说中国人的军队不值得一击的，他同英美人说，只要四小时内便可以解决驻扎在上海的十九路军，把上海占领了；这样的夸大狂，怎不令人可笑可气？！"

"当然若果拿沈阳的事情作前例，他也不算很梦想，不过他看错了全部的中国人了，中国的民族虽然是太爱和平，不想侵略别人，可是人家欺负到头上来，依然是会自卫的！……不知道我们的长官对于这事，有整个的计划没有？"我这样说。

"当然有计划，不过时机没到，我们无从知道罢了！"秦国雄说。

"那末让我们喝一杯，庆祝我中华民族最后的胜利！"刘斌不知从什么地方弄来一瓶白干；我们大家也都兴奋的举起杯子来，高叫着庆祝的口号。

这几天以来，我们大家都仿佛有所期待般的紧张着，我们忘了战争的可怕，我们的热血使全部的血管膨胀了，每人的心头都压着一盆盛旺的烈火，只要有机会，便要燃烧起来。

当我们每回换防回到后方的时候，总不免把我们所有的来福枪搬出来，擦拭得发亮。刘斌说："有时我情不自禁的要和可爱的枪杆接吻，不久便可以把日本人所加在我国的压迫与耻辱，完全毁灭消除！"在他那缺乏严重性的面孔上，罩着一层诙谐的面网说出这话来时，我们自然要好笑；可是我相信这实在是真理，不被人侵略侮辱的人，他必要有自卫的实力，不然公理也只等于一块空招牌呢！……

今天又平安无事的过去了，我们除了堆沙包掘战壕以外没有什么新鲜的工作。

但是明天呢，太阳纵使还是像今天一样的明艳；而在明艳的波光下究竟有些什么现象，谁又能预先知道？！

三

今天听说市政府接到日方的哀的美敦书了，我们知道弄得不好，战争就在眼前。我们都极度紧张的期待着。晚饭吃过，但不见有什么动静，莫非已经和平解决了吗？刚才听谢英说日方所提的四条道歉、惩凶、抚慰、下令封闭抗日团体的条件，市政府已经完全承认了，唉，我们禁不住要叹气！中国的政府除了不抵抗以外，没

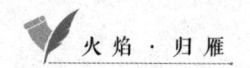

有别的办法。他们只顾着作一天官，刮一天的地皮；全不管民众是怎样的愤怒。谢英把来福枪拚命擦得发亮，仿佛这样一来，多少淹了些悲愤。我们都无精打彩睡着，天色渐渐变成深黑了。淡淡的几颗星点，少光失色的昧昧大地；一切都埋葬在冷寂的沉闷中。

忽然传令兵传出集队的号令，我们就地跳了起来，背上枪弹在营前立定，只见我们的长官，命令道："即刻开拔到最前线去，日方海军陆战队已向我们攻击了。"

"好！开到前线去！"我们禁不住低低的欢呼了，好像我们这几天以来，满心所期待的事情，就是上前线杀敌。

我们上了卡车，不到十分钟，已开到了目的地。那时日军分三路向我们攻来，一路由天通庵车站，向西北猛进；一路由哈桂路向横滨路谋取联络；一路由虬江路向广东街进犯。我们的一队就在虬江路口的阵线和日军厮杀。那时正是夜半，西北风虎虎的狂吼，一阵尖利的寒气，浸透我们的肌肤，但是我们的热血由心头直喷到全身；我们躲在沙包后面，静静的期待着。前面隆隆的声音，越发来得近了，庞大如怪兽的铁甲车，作了先锋队向我们的阵线冲来。

"手榴弹掷过去！"黄排长命令着。我们敏捷地把捏在手里的手榴弹上的保险栓抽了出来，对准那蠕蠕而前的铁甲车，用力地掷了过去。一阵浓烟起处，响声如雷的轰着，而前锋队的铁甲车翻倒了；我们就势如潮涌地冲了过去，那些本来躲在铁甲车旁的敌兵，有几个跑得慢，都被我们那锋利的尖刀刺死了。

当我们回到原来的阵线时，隐约听见路旁茅草屋里，小孩惨哭和男女谈话的声音。

"已经打到我们门口了，怎么还不逃？"一个女人呜咽着说。

"唉，那也没办法！我怎么不想逃，可是你看妈这么大年纪了，并且又正病着，怎么逃得动！"一个男人叹息着说。

"我个人倒不要紧，这些孩子怎么办？并且我肚子里还有一个，不然你先把孩子们送走，回头再来接妈？……"女人又说了。

"我们都走，只剩下妈，就不让炮火打死，吓也吓死了，你要逃你带着孩子走吧，我无论如何，总得守着妈！"这是那男子的声音。

"你叫我一个女人又怀着孕，带着四个孩子怎么走，昨天听人说日本兵把我们邻居张大的儿媳用刺刀刺了几个大窟窿，我怎样敢一个人走？"女人更哭的伤心了。

"那也是命运，你想我们本来是穷苦的人家，平常没事，都有点扎挣不起，现在兵荒马乱，只有等着死吧！……"男子也有些呜咽了。

孩子哭得更凄厉了，使我不能不伸进头去看一看。只见那个男人正把两个六七岁的孩子，捆在两张竹椅子上，孩子拚命的想爬下椅子来，哭着叫着，而那个男人和女人，也是泪流满面。男人一面拭泪，一面说道："孩子！我们对不住你们，养你们不活，你们只好碰运气去吧！"男子说着将一张写着字的纸，放在孩子的胸前，那上面写着：

"落难人无力养活儿女，如有仁人君子抱去养大，实在功德无量！"

孩子仍然拚命的哭着，睡在板床上的老病妇，浑身抖抖的抖着；那中年妇人，呜咽的哭着。呀，这真太惨了！我没办法，也就不愿进去惊扰他们。连忙掉转头赶上前面的队伍，回到战壕去。

谢英回头对我道："你听见那些逃难人的哭声吗？"

"怎么不听见！我还看见那些欲逃不能，坐着等死的人们的惨象呢！"我叹息的说。

"你怎么看见的？"谢英问。

当我把适才那一段事实描述之后，每个人脸上都满布了悲愤的色彩，眼睛红得像是冒了火。

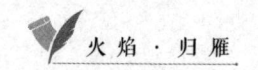

"我们怎能不拚命和这惨无人道的东洋鬼子干一干？"黄排长愤慨的说："他不顾世界公理，也不尊重人类的和平，来侵略我们中国；我们为了公理，为了民族的生存，为了拥护人类的和平，也得同这残暴的人群干一干，……我们官长的话是不错的。"

悲愤的火，燃烧了我们的全身心；这时虽然都睡在战壕里，然而谁也合不拢眼，也忘了什么叫疲倦，只紧张的期待着。

远远听到卡车的声音。我连忙把头露出（墅）〔堑〕壕察看，原来是援军到了。铁道炮队也参加作战，刘斌也来了，这使我们太高兴了。

"好的，你们已经打了一个胜仗！"刘斌跳进来说。

"不瞒你说，他们只是一群中看不中吃的家伙！"谢英说。

刘斌送给我们一包香烟，我们每人吸了一支，烟缕在空中纠结着。这时四周依然没有什么声息，夜光表正指在三点半；突然间，嗒嗒嗒的机关枪声又在发作了。同时天空发现轧轧的飞机声，我们都站了起来，各据一个壕眼，准备着。远远的大队敌人又跟着庞大的铁甲车向我们的阵线攻来。我们放了几枪后，谢英如疯魔般的一窜，两个手榴弹同时掷了出去，轰的一声铁甲车的轮子碎了。不知什么魔力推动我们，"杀！冲上前去！"两方的距离更近，我们用不着放枪，只用枪上的刺刀，向前冲去。一声"杀呀！"敌人手足失措的向后转，而我们早已赶上。谢英的刺刀，早戳穿一个敌人的胸膛，我却活捉了一个。我们一直追到敌人的阵线，后面补充的一队，也已赶上来。于是一群敌人如被狂风拔起的朽树般，晃了两晃，便都躺在地下了，其中有一个，如受伤的狮子般，咆哮的喘着、叫着，这使我性起。当心头又给了他一刀，这才算安静了。

这一次我们得了不少的子弹和步枪。一个年轻身材玲珑的兵士，他抢了几顶铜盔，他一面走一面笑嘻嘻的道："这东西倒好带回家去当锅子用，管保结实耐久！"惹得我们也都哈哈笑了。

这一战真战得起劲，我们的阵线右面，进展到横滨路，左面向天通庵路，其侧面的右翼却向河南路方面进攻。前线进到海宁路以南老靶子路以北。敌人这时候只好厚着脸皮，仓遑失色的逃到租界里去，忙得头上亮铮铮的铜盔也丢了，肩章也掉了，枪也没有了，早把那中看不中吃的"帝国军人"的威仪丧失尽了。我们却越杀越有精神，我们并不是活得不耐烦，自己想送死，但是我们是被侵略的弱小民族呀！我们除了用我们的铁血赤诚来拯救这民族的危难外，我们更知道些什么呢？

可是我们的长官下令了，"我们为了人类的信义，和维持世界的和平，我们只可敌来抵抗，不要攻到租界里去！"这时我们虽然满心怀疑，日本人为什么可以拿租界作根据地攻击我们，而我们就要受信义的束缚，不能打进租界，把敌人全体赶到军舰上去呢！呵，这个不公平的道理，只有上帝能裁判吧！

我们在中午时候，被调到后方去休息，几辆卡车装着我们的同志，在高低不平的马路上驰着。太阳依然放着美丽的光辉，照耀着大地，但是那些僵硬的肢体，和凝冻着的赤血，使我们发现了人类的丑恶，这种丑恶就是大自然的美丽也掩饰不住呢！路旁小河的细流，潺溅的唱着，但和着呜呜的风声，使我回忆到茅屋里悲泣的男人女人，和垂危的老病妇，无知的将要被父母抛弃的儿女。唉，人类为什么一定要有战争！一个人的生命已经太短促了，而我们还只是二十多岁的青年呢，我们爱好生命，我们要尝人生的趣味，但是昨夜僵卧在战场上的弟兄们，甚而就是敌人，他们都是爱好生命，也都想尝味人生的呀；但是我想起敌人无缘无故的侵占了我们的东三省，杀害了我们无辜的人民，焚烧我们工人血汗造成的建筑物；这还不够，扰乱青岛，利用便衣队，扰害天津，最后又跑到上海来作怪，他们逼着我们走进战争的漩涡；我们纵使极点的忍耐，但我们的命脉还是抓在他们手里，任他们宰割，我们又怎能爱好生命；

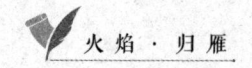

又怎能尝味人生呢？！现在我们是预备牺牲了，我们个人纵不能爱好生命，尝味人生，但我们的民族，我们的子孙，为了我们的奋斗，他们才有生路。唉！这又是多大的力量，推着我们上前线！战争之神，虽是露着可怕的狞笑，然而我们却不能不在那可怕的狞笑里找出路！……

在卡车上我只是想着这许多问题，不知不觉已到了后方。刘斌、张权也都来了。我们的身心，暂时都解放。昨夜一夜的厮杀，直到这时，才感觉到疲倦。大家放下了子弹袋、来福枪一类的东西，伸直了腿，舒舒服服的睡下。

张权从外面走来道，"快些出去，许多热血的市民，拿着食品来慰劳我们了。"我们果然都出去，按次序站着。有几个绅士模样的男人，还有女学生式的小姐。那几个绅士，对我们的长官询问前线战争的经过。后来又对我们说："诸位同志都辛苦了，我们市民们虽不能直接上前线杀敌，但愿作诸同志的后盾。希望诸同志抵抗到底，现在我们带来了各民众团体赠送诸同志的一些物品，略表我们的感谢与致敬的意思。"

官长令我们立正向他们致谢。跟着那几位女士，便把东西一份一份的递给我们。我们接了东西，仍旧散队，回到我们营棚里。我把我的一份东西打开一看：原来有面包，有饼干，有牛肉干，有糖，我们铺在地上，一面吃一面说笑。不一时把所有的东西，都装到胃袋里去了。刘斌站起来道："了不得，适才因为饿得很，把裤带收得紧紧的，这一下子吃得太饱了，竟把肚子的四围撂了一道印！"他一面说，一面松裤带，并且抚摸着肚子只管挣，使人不禁哈哈大笑。

我的上下眼皮，只管往一齐合来。不久我就听不见他们在说什么了。——这一觉睡得真痛快，醒来时已经六点了。一翻身看见枕头旁边放着一封信，正是母亲从家里寄来的。我连忙拆开看，她说：

"宣儿：

　　前一个星期，接到你要请假回来结婚的信，我很快乐。一切的东西，我都同你姑母替你们备办得差不多了。至于款子呢，我几年来织布得来的已存了二百块钱。其余还卖了一口猪，拼拼凑凑，想来也差不多了。好在你的姑母也很体谅我们，聘礼不必多，送去四五十元也就行了。此外你自然应当制一套装新的衣服，房里也应买一些用具。再加着办喜事那天酒宴和其他费用，我想二百五十元总差不多了。你的表妹人很勤俭，样子也出落得很好，想来你一定很高兴的，望你能在年底回来，办完这件事，我也就安心了。

　　　　　　　　　　　　　母氏白"

　　结婚、杀敌这两个念头，现在把我的心分占了。我未婚妻无暇的影子，明显在我的心幕上映射着。母亲五十一岁了；她希望我结婚，安慰她老年的寂寞；而我呢，有时也感到生活的孤寂，结婚当然对我也不坏。……

　　远远的炮声又在轰击了，敌人残忍的脸子，使我什么都忘了；我把母亲的信，放在贴肉的小衣袋里，集队的号令已经下来了。今夜我们仍要到前线去守阵地。我们到了前线，但并不曾有剧烈的战事，只偶尔听见一两声散碎步枪射击，但是吴淞方面的炮声很繁密，这使我们担心，敌兵虽然中看不中吃，但他们的军火又多又锋利。我们只靠着步枪和一些小钢炮，和他们拚，真太容易送命了。幸而敌兵的炮，是闭着眼睛放的，他们躲在炮后身，无目的的放了一炮又一炮，只是白费值钱的炮弹，结果使他们国内多添几千失业的人民罢了。

　　吴淞方面有战报来了，据说今天到一两点钟的时候，停在吴淞

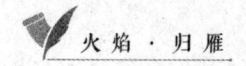

口的日舰，都驰到口外，把炮口直向吴淞炮台猛烈的轰击。……同时在吴淞附近的浦口岸边，张华浜方面，有大批的日军登陆，打算在炮火的掩蔽下，夺取炮台。于是我们方面也还敬了几炮，敌人不能支持，只管往后退。那时敌人见陆上没办法，便架起飞机飞旋至炮台方面，拚命的向下面掷炸弹，但弹落在海边的沙泥里，失了爆炸的作用。同时我们方面的炮台的炮口，转向了天空，那凶残的铁鸟不敢再下蛋了！忙忙的飞跑了。

自开敌到现在，整整二十小时了，盐泽那小子曾说，四小时内便把我们的军队解决了；现在呢？谢英道："盐泽平日高昂着骄蹇的头，应藏到裤裆里去。"我们不禁露出愤慨的苦笑。

四

今天前线太沉寂了，我们躲在战壕里听留声机，刘斌找了一张梅兰芳《天女散花》的唱片，开了唱机他也跟着装起女人的小喉咙来。他本来很胖的身体，罩在灰军衣下面，太臃肿得可观；可是他还要左一扭右一歪的学着天女的散花舞。这真使我们笑得在战壕里打滚。张权笑嘻嘻拿了一大包吃的东西进来；我们一拥而前把他围住，像一群猴子般，手敏脚快的各人抢了一份。不知那里来这许多好东西，牛肉红烧鸡，冠生园的饼干，白金龙的香烟，还有什锦糖；我们一面吃着，一面听大戏，简直忘了我们还在战壕里；东西不久都吃光了，就是烟也一支都不剩。刘斌这时不装天女散花舞了。他抓住张权道：

"喂，你那里拿的那些东西？再来一听牛肉，够多好！"他这话使我们也想到追问这些东西的来历了。张权说："这是冠生园老板送给我们吃的，仅罐头已堆成一座小山了；还有其他民众团体，送来了许多草鞋、衬衣、热水瓶一类的东西，我们每人都可分得一份呢！"

"民众对我们太好了！"谢英叹息着说。

"所以我们这次打的仗，是为民众而战，真是军长所说，这是我们军人表现我们的卫国精神的好机会了！"我说。

一阵刷刷的雨声，打断了我们的谈话，雨水沿着壕边流下来，颜色是水红的。同时有一股血腥气味，冲到我们鼻子里来。我们不知不觉都沉默着，自然这血腥的气味和这血水，都使我们意识到在战场上许多被炮火毁伤的同伴。

刘斌和张权冒着雨出去了。谢英躲在角落里打瞌睡。凄冷的西北风，夹着雨丝，一阵阵的打进来，我们的鼻子都冻得像一颗红枣。我把军用毡向身上裹住，前线一切都十分沉寂。

黄排长同刘斌、张权拿着一大包东西回来了。

"好，今天我们可以痛快的醉一醉。"黄排长说。

刘斌把捧着的一大堆酒瓶放下，这些酒瓶具有绝大的魔力，使我们都兴奋起来。我们每人都有一瓶，顾不得好好把瓶塞去掉，只把枪干敲碎了瓶口，对着嘴如鲸鱼吞海浪般的团团咽下去。

"今天英美领事出来调停议和，……看来是白费唇舌，东洋鬼子，要是就这样撒手，……那算他聪明！……"黄排长说。

"据说他们是为了救兵没到，军事上还不曾布置好，所以来这么一个缓兵之计。"张权说。

"东洋鬼出名的狡狯，这次的议和，当然只是个鬼计。"我说。

"不管他葫芦里卖的是什么药，总之我们是为了自卫而战，他们能一旦觉悟侵略别人的罪恶而停止战争，那是人类的福气。不然的话，他来一个，我们杀一个，只要我们中国人没有死完，我们总不能让正义与人道被强权所蹂躏。"黄排长说。

"我们要拥护正义，抵抗到底！"我们大家不约而同的高叫着这口号——这是我们的长官所深刻于我们每个人脑子里的思想。

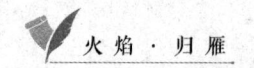

黄色制服的战地服务团，在下午的时候，送来了一大包绒线织成的围巾与小背心。我们每人分得一件。最使我兴奋的是每件毛织物上面都系着一首小诗；我得的一条的围巾上题着这样几句：——

"风雪入新春，干戈起沪滨，心长嫌线短，聊慰出征人。"

谢英的一件小背心上题的是：——

"织此织物，聊表寸衷，慰我将士，暖我兵戎，守土尽责，为国效忠，歼厥丑类，克奏奇功。"

刘斌分得一条围巾，他也正拿着题诗在念道：——

"一针一线密加工，送至军前慰有功，勿忘御寒并御侮，围闱救国与人同。"

黄排长和张权的围巾上也各有一诗：——

"秦大触天河，伤心奈若何，欢腾男壮士，累唱凯旋歌。"

"士庶庆弹冠，倭奴胆尽寒。只因雪国耻，真个斩楼（阑）〔兰〕。"

我们把围巾围在冷风正侵袭的颈子上，谢英笑道："让我把背心也穿上，不知道织这个背心，和作这首诗的是那一位女士，假使我能见到她，我就发誓为她拚了命吧！"

"那你又算什么呢？"刘斌突然的接上这一句，把我们都惹笑了。

集合的信号响了，我们都聚集听令。我和谢英被派到宝山路，刘斌仍回到炮队上去，张权、黄仁到虬江路口，八点钟时我们便动身了。

晚上雨虽停了，但风还很大，我同谢英在冷寂荒凉的宝山路的沙（叠）〔垒〕后面静静的守着。敌人没有影踪，只远远的听到一两声步枪的声音，不知道又是那个老百姓遭了殃。

天快亮的时候，另外一队人来接防，我们便回到后方休息。中午我仍同谢英到宝山路的一所高楼上面的沙叠背后守着，今天前线仍然不曾开火。在西横浜桥那面有几个敌兵，正在桥上坐着晒太阳。远远的一群，约有七八个逃难的人走过桥来，他们仓仓遑遑的只顾向前奔；不提防砰的一枪，一个五十多岁的老人倒下去了；眼看又是砰砰的两声，一个女人同一个十四五岁的男孩子也倒下去。这一群人只有一个中年妇人和手里抱着的小孩子，还有一个十七八岁的女孩子，不曾倒下；那敌兵不知转到什么念头，不开枪了，如一群猛兽般的冲上去；女人和孩子们吓得伏在尸上，而敌兵中的一个先把那女子从死尸上拖了起来，满脸露出丑恶的笑，伸手向女孩身上乱摸；女孩嘶声的哭叫着，同时那妇人也被另一个敌兵搂在怀里。我低声叫谢英来看，我们的脸色变成铁青，心头的怒火郁塞着。由于我们没地方去找出道，除了借重我们手里的枪弹。我们先对准两个，砰的一声，果然倒了；其余的两个，知道有人在暗算，连忙放下那女孩子和女人，四望探寻。我们跟着又给了他们两枪，这两个家伙也到地狱里寻快乐去了。

那妇人见敌兵都倒着不动，连忙抱起孩子，同那个女孩子一同逃过了桥，脸色白得如同坟墓里掘出来的死尸。

"可怜这些老百姓，他们并不曾惹到谁，结果一样的吃枪子。"谢英悲叹的说。

"吃枪子还算是幸运呢！"我说，"昨天听说有三个女学生，经过六三花园。被一群日本兵围住；把她们横拖直拉的，拉进六三花园的草坪上。几个发了色情狂的东洋鬼子，把她们身上的衣服，用刺刀都戳破，一片片的撕了下来。赤裸裸的捺倒在草坪上，三个一队的轮流着，把那三个女学生强奸了。最后当场奸死了两个，其余的一个，也只剩了奄奄一息。后来这消息被第一营的弟兄们知道，悄悄的把这一群兽兵包围住，用刺刀全部解决了，才救出那一个已经昏厥了的女学生……你想这不死的更惨吗？"

谢英两眼充满了愤怒的火，紧握着枪杆狂叫道："混蛋！那一天

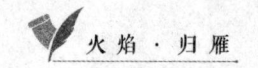

等我们打到东京时，也一样的报复他才能淹这心头的恶气呢！"

冤冤相报，这世界将没有一天安静了！……但是所谓文明的人类，文明的程度只到这地步呀！我想到这里也不能责难谢英了。

闸北这三天以来，没有战事。我们的工作，是掘散兵壕，装铁丝网。今天接到吴淞方面的战报说："在十点钟左右日方开来了四艘战舰，泊在吴淞口外，三夹水海面，敌兵先乱烘烘的吹了一阵警笛。跟着拚命挥动他们那面太阳旗，同时就用大炮向我们吴淞要塞轰击，并且有十多架的飞机，如饿老鹰般，在天空张牙舞爪的盘旋。接连不断的抛下自四十磅到一百一十磅重量的炸弹。一个黑点接近地面时，轰的一声，黑烟滚起，地上的土块都跳了起来。我方守炮台的司令官，虽然知道这时还在停战期内，不应当有什么战争的事情；但是敌兵既然破坏约束，我们就不能不抵抗了。司令官奋勇的跑到前线指挥；兵士们也都抱了死的决心，一面开枪射击敌人停在吴淞口的敌舰；一面用高射炮射击那高飞天空的敌机。这样混战了两点多钟，把敌军第二十二号驱逐兵舰击沉了，又击伤敌兵的洋舰两艘，敌人才不敢急战，忙忙的逃出阵地。……

这个消息使我们都不禁欢呼中华民族万岁。

明天停战的时期就满了，日方所希望的救兵，听说已大队的在汇山码头登岸。这使我们都气愤得狂叫起来，假使汇山码头不是租界的话，我们为什么让他们这群恶兽从从容容的上岸来杀戮我们的民众，来搅乱了我们的和平呢？

刘斌的话真不错，"我们只要有一连人，埋伏在海岸边等他们上岸时，用机关枪一阵扫射，便把他们都请到龙王宫去吃大菜了！"可是现在只为了维持片面的国际公法的尊严，使我们的繁华市场，变成废墟，正富有生机的青年，都死于炮火枪弹中。…这也正如人生的谜，叫人猜不透的公理呵！

"明天"——他们的脑子只要转念到明天，无论什么东西都失了宁静。谁都晓得,明天必有一番猛烈的战争,假使这时地球能和月亮碰上一下,我也不反对的。呀!因为这样一来,大家都去受最后的裁判,还可以免掉那些死了丈夫的妻子,失却爱子的母亲,望着广茫的人间,流那无穷的伤心之泪。

战事突然又起来了。下午三点钟的时候,我们又奉命到了前线。在青云路,虹江路方面,和敌人接触了。大炮和机关枪声,错杂的响着,觉得天地都在震撼了。炮火把太阳都吓得躲到云层后面去了。我们伏在散兵壕的沙垒后面,在那炮火焰中,我们紧紧闭住嘴,脸色发白;但是我们还不曾忘记瞄准放枪。炮火继续的响着,最后敌人如溃了限的潮水般冲过来。但是他们冲锋的姿势很特别,整整齐齐的排成一长列,按着拍子举枪迈步。谢英说:"你看他们不是在打仗,是在练习体操呢!"

"杀!冲上前去!"连长的号令下来了。我们如疯了的野兽般蹿出战壕,捉住按好刺刀的长枪直冲过去。就在半路厮杀起来。敌兵渐渐招架不住,由邢家木桥退入北四川路。我们奋勇的杀上前去,敌人再向狄司威路退却,"好!又到了租界地了!"我们只好罢手,沿道只见穿着煌煌陆战队的制服的死尸,满布了广阔的马路。

这一战,我们的损失少得使人惊奇。同时我们又得了许多的子弹枪支。听张权说,今天我们的飞机也到了两队,在沪西和日机打了一仗,被我们击落了一架在真茹车站南首的空地上,落下来的时候,已经焚烧得只剩了架子了。里面的三个日本机师,都变成污黑的焦炭了。机头上标着"三积航空机,株式会社修理,昭和六年七月十八日"一行字。

附近的乡民都围拢来看热闹。他们并抢了些钢条和飞机上不曾焚毁的零件,拿回去作纪念品。我们都高兴得忘了疲倦,在战壕唱起国歌来。

五

日本的新司令野村来了，并带来大队的援兵。这一着早在我们意料之中。在停战的几天里，我们能想象到敌方是怎样的忙于派兵遣将。现在既已经布置就绪，跟着来的当然是一场猛烈的战争。我的心不能说不紧张，可是我同时也希望他们就来，张权、谢英、刘斌、黄仁也都奋起了精神，严阵相待。

敌人发动了，果然这一次的来势特别凶猛，小钢炮不断的狂吼。简直每一分钟就来一下。

我们分散在散兵壕的沙（叠）〔垒〕后面，背上都拴着树木枝叶的隐蔽物，我们一排伏在那里，远处看来只是一列随风摇曳的松柏树。

敌兵由天通庵车站，用铁甲车、坦克车掩护步兵向我们阵地进攻了。同时野炮，臼炮，平射炮，也都向我们的阵地瞄准；用开花弹施行破坏。在一阵烟焰弥漫的当中，敌人前进的部队，已蠕蠕向我们扑来。而且他们的铁甲车上的机关枪的繁密紧凑，使我们几乎抬不起头来。但是我们老早将手榴弹五六个，拴在一块，把保险拴抽去，并用一条长长的铁丝系住，一条铁丝系上许多炸弹，两旁安置上哨兵。敌人渐渐来得近了，我们把铁丝一松；一阵拍拍轰轰的声音，早见敌人的铁甲车四分五裂的倒在地上。那些敌人不敢向我们正眼看一看，没命的向后转，溜之大吉。有两个被打伤的敌兵，伏在地上；如受伤的狐狸般凄切的嚎哭。……说不定他们也正有着满腔说不出的伤心事呢！我转念到这里忽然想起前天刘斌所告诉我的一段消息了。那就是日本和我们开战以后，便竭力的在国内宣传打了大胜仗，并且已经得了上海。因此骗了不少骄气塞胸的青年兵士，到上海来送死！……并且有几个兵士上岸时，听见轰轰隆隆的炮声，看见一卡车一卡车日本兵士的死尸。他们的腿软了，骄气都从七窍里淹尽了；暗暗的懊悔"上了当"。安知这两个在地上嚎哭的敌兵，不也是后悔"上了当"吗？唉，为军阀作走狗的战士，的确是"上了当"呢！

前线的炮火暂时平息了。大约是敌兵经了这次败仗，又等着生力军的增援。好在我们完全是被动的，他们不来，我们就乐得在战壕里听听留声机，吸吸香烟；他们要是来呢，我们也不客气的仍请他们回去。

"呀！好大的火哟！……唉，商务书馆遭了殃！"一个瘦个子的广东兵，跑进来说。我们果然都跑到战壕外面去看。只见北面的天空映照得血般的红，隐隐听得见轰隆，毕剥的燃烧和毁灭的呻吟，一阵浓重的烟雾，顺着风势向上直冒。一条条如魔鬼吞噬后，尚带着血汁的巨舌般的火苗，冲上烟雾，一闪一闪的盘旋着。无量数文人呕血绞脑所写成的作品，现在都像被秋风所摧残的蝴蝶般，漫无目标在空中作最后的挣扎。有几页残稿，被风卷到战壕近边来。我们跑出捡起来，只见一张烧残的纸页上，还标着最新生物学教科书的字样。

"唉，打仗就是一个大毁灭，为什么一些哑吧的书籍，也会遭这样的大劫！"我们的连长愤慨的说。

"书籍固然是哑吧，可是他维系着我们全民族的生命呢。当初日本人灭了朝鲜，第一禁止朝鲜人读他本国的文字。这正是日本人斩草除根的辣毒手段，现在想依样的加在我们身上。他的野心我们很可以明白了。"黄排长说。

"那么他们不是违犯了战时公法吗？"我说。

"日本人现在是天之骄子，但早看透了世界的大势，欧美各国都因了经济的压迫，处在不景气中。谁有充分的力量来对付他？同时我们中国，又是内有天灾、土匪之乱，当然他可以什么都不顾忌的干一下了。"黄排长说。

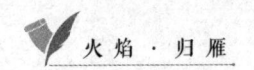

北望东方图书馆也燃烧起来了。同时看见敌方的飞机向上一起飞向西方去了。不用说它是向着东方图书馆抛下燃烧弹；不然火怎么起得那么猛烈呢？这时我们的心里也响应着那猛烈的火焰而郁结着。天上虽然不住吹着寒冷的西北风，而我们的热血在每根血管里沸腾着。

下午我们奉令调到八字桥去。听说敌兵乘我们那里兵力薄弱，他们要用全力攻击。当我们到了那边阵线上时，天色已在九点钟左右，我们的长官在一座高坡上，架起望远镜视察敌方的阵线后，便下令叫我们准备。

大炮来警告我们了，我们都聚精会神的等候着。一列坦克车，由大炮掩护着，向我们的阵地猛冲过来，这一路的敌人大约有二千多人。只见他们尾随着坦克车，如蜂群般接连而来。我们静悄悄都躲在壕眼的沙（叠）〔垒〕后面，用手机关向他们射击。同时手榴弹也是接连不断的向敌阵勇猛掷去。这样拍拍轰轰的交战着，忽然敌方的坦克车两辆，被我们的手榴弹炸毁了，不能再向前进。这时我们的长官一声号令叫道："杀，杀，冲上前去！"我们都忘却人世间的一切，只有单纯的一念"杀！""冲上前去！"而这次的敌兵，好像是受了严重的号令，前一排倒下了，后面又接上一排。这一来我们也更加兴奋了；简直忘了我们还是一群高出万物的人类！我们回到原始的时代了，什么都不使我们生怜悯和同情的心。我们和敌人越逼越近，于是双方的机关枪、迫击炮，都失了效用。敌兵向前扑一阵，又向后退一阵。我们冲进敌兵的阵中，左一刀右一刀，杀得敌人东倒一个，西横一个。血花四面飞溅起来，好像春风过处，下了一阵杏花雨般。肢体、肉片、血液，渲染了漫漫黄沙的大地。敌人不敢再顽强了，掉转头去情愿用背脊挨枪弹，直向虹口公园方面败退。我们当然只有追上去，在靶子场又和敌兵肉搏了一阵。但他们脸上都没了人色；眼光只向后张望，得些机会便向后退。这时我们的前锋队，已到狄司威路，后方的部队也能呼应而进。因此我们的最前线，不久就进展到岳州路，向虹镇一带进趋。敌兵只有拚命的逃窜。虹口一带的居民，老的少的男的女的，都结队成群向租界上的铁门冲，但铁门是悍然冷然的看着这些找不到归宿的人们狞笑。而铁门这一面呢，车马如游龙般的飞驰着，除了一些好奇的人群排列在马路两旁，有些乱烘烘的样子，其余似乎很平静。不过在那些民众的脸上，有时也看得出一股从心底冒出来的愤慨情流，在眉梢眼角议论着。唉，他们是才从梦里醒来。——被敌人炮火轰醒的吧！

今晚我们很平静的睡了一夜，天亮时调来了一批大刀队。他们的服装很奇异，每人手里拿着亮晃晃的大刀，挺着高隆的胸脯，身上只穿一件护心褂，有的手臂上及前后胸，都刺了大朵的花。那种纠纠的样子，使人不期然回忆到古时的侠客英雄一类的人物来。这一群人，不但样子奇异，他们还有着大无畏不怕死的精神。他们都是要以铁血赤心，换取民族的自由的。

敌军在上午十点多钟时，又向八字桥我们的阵地进攻了。他们有的是锋利的军器，多量的子弹，所以每逢进攻之前，总要随随便便的放上一大堆炮弹，那轰隆的声音，自然有些震耳朵。不过这几天简直听惯了，偶尔不听见时，反觉得前线太沉闷了。所遭殃的是那些无辜的老百姓，八字桥附近的民屋，被炮弹打穿成为黄蜂巢穴般的洞孔。一群没有家的难民，有的露宿在坟堆后面，有的逃到乡村去。他们不明白究竟犯了什么罪过？竟被命运之神这样残忍的摆布着。

敌兵的机关枪繁密的射着。我们只用极稀疏的枪声回答他们。一面遣那一批大刀队由小路抄出敌阵的背后，他们静悄悄的蛇行而前。敌人却只顾放枪，放得忘了一切。正在这时，忽然如霹雳一声"杀！杀！杀！"跟着一颗颗的人头，骨碌碌的滚到地上去。敌兵目瞪口呆，各人只顾摸着脖颈，仿佛作了一个恶梦般，失神落魄的逃走了。而我们的大刀队，完全没有损失，回到战壕时，他们从容的把刀细细的擦亮。他们的队长，是一个满脸长着绕腮胡须的人，个子高得像个门神，两臂的筋肉，一股一股的高隆着。前胸用刀刺了一条姿势矫健的飞龙。我看了他，不禁联想到《太平广记》里面所写的虬髯客来。并且他是那样能吃，十个馒头，一大碗青菜煮豆腐；还有两听红烧牛肉，他一顿都吃净光。

今夜我们都有些疲倦了。敌人受了这次的大创伤，也没有再来进攻。我们都困乏的睡下，连吃东西的劲都暂时失却了。过了几个钟头以后，我们才把民众所送来的罐头牛肉、什锦菜等来吃。因为我们连日都没有吃过一顿饭，这使我们生长在南方的人，都觉得有要吃一顿白米饭的愿望。我们把伙夫找了来，让他替我们烧了一大锅的白米饭。下着牛肉咸菜饱吃了一顿。现在我们舒服了。把我们被炮火轰得忘却的一切，又慢慢的回到脑子里来，我不知为什么，我忽然极强烈的想到我的家乡！我的老母，还有我的未婚妻。我独自躲在战壕的一个角落里，向那漫漫长夜的天空觑视着，我看见了一幅我家乡的图画。

可爱的碧绿的田野。稻子已插了秧，温和而夹有野花香的春风，轻轻吹拂着齐斩的稻秧。田旁有一架水车，一个十八九岁的女郎正踏着水车辘辘的转动。小河里的清流，沿着水车的轮子，哗哗的流到稻田里去。那女孩是怎样的强健快乐的工作着？一双聪明无邪的眼波，不时向遥远的云天望着；一缕温柔的美意浮上她天真的嘴唇。她正梦想着那英勇的未婚夫吧！唉，我的心颤动了，我要想放下枪杆，在这夜深人静的时候，我逃出火线，回到甜蜜的家乡，我正年轻呢！……

轰的一声巨响，把我从幻想中惊醒了。我抬眼一看，炮火的闪光在遥远的敌方闪烁着。我提起我的来福枪预备着，但是声息又归寂静了。

将近清晨的时候，天色依然很是昏黑，天上云朵如厚絮般堆积着。雨和雪夹杂的落了下来。阴惨雨雪霏霏的天气。前线又是这样沉寂。只有零星的步枪声，在这沉寂的空气中震荡。我满心希望家里有信来，——尤其希望我的未婚妻，破格给我写封信。但这仅仅是梦想，一个纯朴的乡间女孩，怎么会给未婚夫写信呢？我不知不觉把袋里母亲写来的信再拿出来从新的看了又看。——你的表妹人很勤俭，样子也出落得很好，……呀，这真是可怕的诱惑哟，我不相信如我这样性情的人，竟有时能如猛兽般，见了敌人的血从他胸膛里冒出来，我会不动心，甚而还觉得痛快！人类真太复杂太神秘了，有时在他们的血管里，是充满着纯洁的鲜艳的血流。他们可以与神灵接近，但有时他们的血管里，的确是流着残暴的丑恶的血流。只有恶魔是朋友，无穷的人类，便在这极端的矛盾中受磨折。任凭你诗人怎样讴歌和平，假使不把根本的自私残暴的兽性消灭了，这世界将永成罪恶之渊——屠杀将没有完结的一天。——想到这里，我禁不住悲哀的侵袭，我抚摸着我的枪杆，眼里充塞着悲愤的眼泪，人类呀！为什么不能舍弃了侵略别人的自私的战争生活，而另找出路呢！全世界的弱小民族现在都是在巨大的压迫中呻吟着，使世界充满了悲惨的罪恶的叫喊，我们要使那些恶魔般的人们觉悟，我们除了给他一个迎头痛击，使他深深了解侵略别人的罪恶，这世界将永久沉沦在地狱的生活里呀。唉，为民族而战，是使世界走向和平的一条必经之路，不然那些被压迫着的呻吟，将使太阳失了颜色，大地变为愁惨的坟墓。——我的热血又在心头沸腾了，我要尽我的力量使侵略我的敌人受创，使敌人觉悟到他所造成的罪恶，我个人是多么渺小呀！

　　后方送来许多新鲜的面包和水果。我分了两个桔子，两个面包，还有几支香烟。我依然沉默的吃着，其余的人似乎很高兴，因为他们已从疲劳中恢复了。

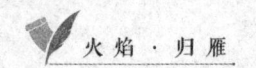

沉闷的过了两天。敌兵的炮火重线，又转到八字桥来。这个消息传到我们耳朵里，人人又都兴奋起来；我呢，也似乎已冲破了沉默的悲哀，预备厮杀。但是我们只听见大炮轰隆的响个不休，而不见敌人来冲锋。到了下午炮火更猛烈了。每分钟约放二十炮，我们替他们算算，那一天至少发了一千多炮，隆隆的大炮声，把整个的上海都震动了。后来我们的炮队，也在活动了，炮弹在空中穿梭似的织着。有几炮从我们的头顶上飞过，一块炮弹碎片擦破了我的头皮，谢英连忙用纱布替我绑好了。这时敌兵想在炮的烟幕下，向我们袭击。但我们，不放松，炮火越加得猛烈，同时我们用机关枪射住了阵脚，使他们一步都难前进。而且预备冲锋的大刀队，闪闪的刀光，也使他们没有胆子再和我们肉搏。

但是他们的炮火，使得地穴都动摇了。我们的战壕，也被他们打毁了一个。幸好我们这时都躲在散兵壕里，没有受到什么损伤。只是炮火的烟焰，充塞着我们的鼻孔，嘴里又苦又涩的滋味。有几个兵禁不住吐了。

天亮时敌方的炮火稍微停止了一些时候。但到十点多钟时，敌方的炮弹更密集得像暴雨般，不过他们的目标不准，我们的堑壕都安全，炮火虽厉害，而我们还是很镇静。

谢英说："我们静静听他们唱大鼓调(指大炮说)，等他们的步队出发，向我们冲来时，才和他们弹琵琶耍子(指机关枪)。"

果然他们的"大鼓调"，唱了一天也不曾歇，我们的"琵琶"就没机会弹了。

敌兵又调来了一批生力军；今早天才有些放亮，他们的大炮又大响而特响起来。跟着他们的步队就在炮火的浓烟下冲了过来。我们有了"弹琵琶"的好机会了，拚命的向敌兵的最前步队放射；他们冲不过来，又被我们赶了回去。我们又回到我们的战壕里来。过了半点钟，敌人的炮弹又不断的飞过来，跟着又来了一大队生力军向前冲杀。但是我们这次懒得等他慢慢的来,我们抛了几个手榴弹以后,便奋勇的追上前去。大刀队也跟着追来,把敌人如切瓜般的切了一大堆。这一来他们只有拚命的跑,我们也紧跟着追。但是又为了租界地到了,我们只好仍回到原防。

敌人一共攻了四次,都不曾攻过来,大概是没有别的办法,只好又请出他们专一的法宝军器来了——钢炮、追击炮、过山炮,一共总有一百门左右,全力向我阵地方面轰击,每一点钟放到三百四五十响,把地面轰成了许多深坑。那些残余的民屋,更来一度的轰毁,坟地上的白杨树,连根都被拔起了。同时在我们的头顶,又发现了轧轧的声音。吓!一大队的铁鸟在我们头顶盘旋;但我们都躲在隐蔽物的后面。他们尽管抛掷炸弹,但是只见民屋在炸弹的爆烈中,毕毕剥剥的烧了起来。我们只是静静的伏在壕里,不动声色。过了好久敌兵想是耐不住了,便用六辆铁甲车作先锋,向我们阵地攻过来;我们还是不客气的请他们吃手榴弹,炸毁了两辆铁甲车;趁势我们冲上前去。敌人还是怕死,又纷纷的退回去了。

这一仗打得我们都筋疲力尽了,但后方已调来一批生力军,于是我们便到后方休息去了。

六

现在我们这一队被调到吴淞,加入战斗了。我们开拔的时候,正是夜晚十二点钟,我们的大队在凄冷的北风里向前进行着,整齐而轻健的脚步声冲破了田野里夜的沉寂。天上的星点在深黑色的空际向我们闪眼。它也许正在赞美我们吧!这些勇敢不屈的年轻人,拚了他们的一切,来完成他们比个人生命更悠久的生存。可是同时我觉得它也在冷笑呢!愚钝的人群呵,除了屠杀毁灭以外,竟想不

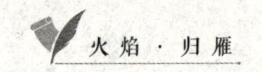

出更高明的办法！使群星所照临的宇宙，永久是缺陷的，罪恶的。

我们是平安的到达了，今夜此地没有战事。据黄仁说，敌人是最喜利用"拂晓战"。现在仅仅三点钟，至少要等一个多钟头才是动手的时候吧！

"老陈！日本人要在三小时内占据吴淞炮台呢！"谢英对我说。

"哦，他们到这样算定了，——可是他们除了尽量的唱大鼓以外，还有什么了不得的拿手？"我说。

"唱大鼓当然不出奇，只可惜我们的大鼓太少了。不然和他对唱到也不坏。……同时我们也缺乏铁鸟的助威，不然这些怕死的家伙，早就请他们回三岛去睡长觉了。"谢英说。

"没关系，仅靠兵器，是靠不住的。……他们的兵士，只要有一天想起他们为什么不好好在国内过着平安的生活，要劳师动众，跋涉海洋，跟到别人家里自找苦吃，……他们将要忘记拨动大炮的机纽了。因为他们也正年轻；他们应当享受人类应有的生活呵。……"我说。

"这话不错，师出无名——最后是必败的。"谢英说。

"所以打内战，谁都提不起精神来。这次我们仅仅三四万人，竟能和日本人十万雄师，拚了这么久。并且我们军器陈旧，而且缺乏。……这只是一股可贯天日的忠正之气的作用。……我们就是败了，我们所留给人类的，也是一朵芬芳的花，而不是罪恶。……这一点就是我们无往不利的军器。唱大鼓，弹琵琶，那只是枝节问题吧！"

我的这一段话，显然发生了效用。在战壕里的每个人，眼里都闪出一种无畏的坚强的正气的光波。

天色有些发亮了。我们都准备着，天空发现了铁鸟的飞翔。我们的高射炮队出动了。吴淞口外敌方的战舰上的大炮响了。炮弹真不少，如同夏天的暴雨般飞洒着。我们都伏在战壕里等。一阵炮火之后，果然不出我们的意料，敌人的铁甲车，坦克车，如巨蟒般的向我们阵线张牙舞爪的冲过来。可是他们的本领，是闭着眼睛放炮。说到冲锋，却不是那样服装整齐的少爷兵（不）〔所〕能担任的了。

"杀呀！杀呀！冲锋！"一队的敌兵，在这耀武扬威的喊声中冲过来。可是他们的炮火，为了投鼠忌器，只得暂停。我们就在这时候，窜出了战壕。手榴弹先敬了他们的铁甲车和坦克车。前面两辆铁甲车吃得太饱，睡下了，不能动转。其余的自然也不能前进，那些尾随着车后的敌兵，看见自己挡箭牌失掉了，立刻手忙脚乱起来。而我们的刺刀不容他们喘息的刺了过去。大刀队的健儿，也补充上来，一个敌兵正落荒而走。只见刀光一闪，跑的敌兵已平均的分成了两半个。头的大半连着左边的肢体，倒在一个炮弹打穿的深坑里；其余的一半被踏成模糊的肉饼了。

还有一个敌兵的头，直滚到我的面前，眼睛还睁着，短短的仁丹胡子，似乎还在动呀！这简直比一场恶梦还可怕。我一跳跳开了；但一件软懦懦的东西，又绊着我的脚，低头一看，原来又是一个被戳死的敌兵的尸体。这时敌人已去远了。我们仍回到原防，在那一堆黄色厚呢制服的尸体中，有一件灰色的东西，还在转动，那是我们的兵士受了伤了。远远看见谢英从敌阵回来了。我便招手叫他把这个伤兵抬了回去。我们都不知道他的姓名，而他已经昏过去了。当我们抬近战壕时，他忽凄然的哼一声。便两眼神光散乱的死去了。我们在战壕旁边，挖了一个坑，把他掩埋了。这次我们的人伤了二十多个，都由红十字会送到后方医院去了。

我们都杀得又饿又倦。伙夫送来了饭菜。我们正吃着，轰轰的炮声，和嗒嗒嗒的机关枪又作起怪来。我们只得放下饭碗，躲在散兵壕里，谢英嘴里还在嚼着一根香肠，一面扳动手机关枪。远远的敌人又如潮水般的冲了上来。我们的机关枪连，不动声色的准备着，看看敌人来的近了，立刻扳动机关枪，塔塔塔的声音，一阵紧似一阵。敌人像枯苇般,来一个倒一个。但是后面还是接连的冲上来。我们也就一涌而前的近上去。"杀！杀！杀！"的声音又响成一片。这次可来得凶猛。我们两边纠在一块,刺刀枪柄都失了效用。有一个敌兵扭住我滚来滚去,结果滚到一个坑里去。这家伙真够顽强,他竟想捏住我的咽喉,我用力一挣,就把他摔在下面。我就势骑在他的身上,咬紧牙根,用拳头在他心口头用力的捶。突然他喷出血来。我的手莫明其妙的软了,我看见他眼角有两棵晶莹的泪滴。唉,我不能再眼看着他咽气,连忙从坑里爬出来,我的神经错乱了。我跄跄跟跟的向前跑着,后来我跌到了。昏沉中,一个巨响把我震醒了,离我十步的前面。又显出一个大坑,硫磺气味使我仍然吐不出气来。头顶上轧轧的声音,越来越近了,我连忙躲在一堆黄色制服的死尸后面,砰的一声,一颗枯柳被炸弹打倒,燃烧起来了。这时天色慢慢的黑下来。但是我太疲倦了,而且口渴得几乎冒出烟来。远远的有一道白光,在惨淡的月影下闪着,这使我记起那边有一条小河来。我想到那边取点水喝,但是我的四肢像是失了韧性。我全身的骨节都松散了。我只得爬上前去,唉,满地躺着死尸,血腥一阵阵冲到鼻子里来。费了很久的时间,我才爬到河边。我用那沾满了血污和泥垢的手,掬了一些水,喝了下去。我的嘴唇舌头才恢复了知觉。我足足的又喝了有一大盆的水,我神志才清楚了。我抬起身子看看,这里离我们的战壕,大约有一里路。我连爬带走的到了那里,"哎哟"一声,我又倒下了。这声音惊动了一个哨兵,他叫道:

"你是陈宣同志吗？……你受伤了吧？脸色怎么这样惨白得可怕,而且满身都是血迹？"

我只点了点头,他把我抱到战壕里,谢英连忙跳过来,把我的衣服解开,检查我身上的伤痕。除了手臂擦破了一块皮外,并没有发现其他的损伤。他又替我把脸上头上洗了一阵,一切都很安好。

他才放了心说：“这到底是什么一回事？……”

这时黄排长给了我一些酒，我喝过之后，血脉渐渐活动起来了。我把杀敌的经过告诉了他们。

黄排长说：“你辛苦了，暂且到后方去休息些时罢！”

我应命回到后方。

我倒在营棚里睡去了。在梦中我看见那个眼角含泪的敌兵，他满脸都是血迹，一双睁得圆而且大的怪眼，向前面遥远的方向看着。他似乎告诉我他家里有年轻的妻，有幼稚的子女，而他自己也还年轻。……是的，是我亲手打死了他，我心头一阵酸梗便醒了。……这时刘斌、谢英也正换防回来。他们望着我叹了一口气道：

"我们的滕参谋长完了！"

"什么，你说的是那位贵州人的滕参谋长吗？"我问。

"正是他呀！"谢英慨然的说。

"昨天呀还看到他的。他同司令站在小山坡上察看阵地，怎么今天就完了！"

"炮火中的生命，是不能预算的呀！"刘斌愤恨的叫着。

"到底什么时候失的事呢？"我问。

"今天下午，敌人集全力向我们吴淞炮台猛攻。炮弹像夏天的冰雹般，打了下来。我们的炮台的三合土，都被他们打得粉碎，炮口也打毁了几尊。情势太紧张了。我们的滕参谋长，从战壕里跑了出来，上了炮台，指挥向敌人的军舰开炮。正在这时，敌人的炮弹飞了过来，打中他右臂，而滕参谋长仍然奋勇上前；跟着左肋又中了弹，就这样的殉了难！"谢英说。

"炮台究竟被敌人夺去不曾？"我问。

"炮台的东北角曾被敌人击开陷口，……幸好这时援兵已在第二道防线暗暗增防。这时敌兵有一千多名由北沙上陆，要想趁势夺取炮台。我们等敌人来切近时，一声号炮，战壕里的伏兵如深山猛

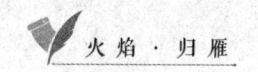

虎般的窜了出来,使敌人出其不意的受了惊吓,勉强招架。被我们的大刀队和刺刀杀死了八百余人。今天大刀队杀得更起劲,他们连护心褂都脱了。身上只穿了一条短裤。脚上穿一双跑鞋,有的还赤着脚,手里拿着寒光灼灼的大刀,在凄冷的寒风中,和那些头戴钢盔,身穿铁甲的敌兵大战。他们奋勇无畏的精神,只吓得敌人堕入了神秘的深渊。虽然到处都不曾掩护的身体,是很容易中伤,而他们都不敢打……这也真怪!"刘斌描述完,我们都高叫中华民族万岁!一片欢笑的声音,把营棚都震动了。

几个乡间的民众,抬了两头杀好的羊和两头猪,还有四坛绍兴酒,来找我们的长官。黄排长出去了,一个年纪最大的老农民,满脸诚恳的说:

"官长,我们镇上,全体民众感佩贵军队的卫国杀敌,使我们不至作亡国奴。连日多辛苦了!今天特送上一点礼物,慰劳贵军队,并表示我们的一点敬意!"

黄排长握住那老农人的手,慨然的说:"卫国是军人的天职,蒙父老兄弟们这样爱抚,更使我们惭愧了!但愿全体民众一致作我们的后盾,抵抗到底,最后的胜利必属于我们了。"

乡民去后,我们便把伙夫找来,先烧了两块羊肉,开了一坛绍兴酒,这样一来,我们似乎什么都忘了。我们尽量的吃喝,因为我们是一个兵。我们所最需要的就是吃得饱,休息得够。等到明天,我们又要到前线去。我们要从炮火底下找活命,那又是怎样的不可靠呢。像刘斌、谢英、黄仁、张权我们五个人,到现在还都活着,但是战事何时才能终了,最后究竟谁死谁活那个知道?唉,我们的生命真太短了!

今夜我得到很好的休息了。

天才黎明,我们又奉令到前线去。雨不住的落着,我们把背上的竹笠戴上,这种帽子可以挡雨,也可遮太阳,又比敌人的铜盆帽来得轻便，可是子弹来时，是太容易穿透的。

前线的炮火依然的猛烈，但是我们的战壕筑得很坚固。而且我们在战壕上面，除盖上很厚的铁板，同时又用浮土掩埋。土上又种了许多白菜，这样一来，敌人再也看不见我们所躲藏的地方。当他们的飞机来侦察的时候，只见吴淞几十里的地方，空空洞洞，一个中国兵也看不见。但是只要他们冲过来时，不知从什么地方立刻涌出二三千的人来。这真够敌人惊吓的。因此他们轻易不敢冲上来，只是没有焦点的把大炮乱放一阵罢了。现在他们仍然继续不断的放着炮，同时日舰二十艘总攻吴淞，烟焰迷漫天空，炮弹如飞蝗似的打来。我们只躲在战壕里，忽来一声巨响，落在我们的战壕左近，震得壕里的沙土纷纷的掉下来。我们只有吸着烟，忍耐的听着。炮台上面，我们的守兵也放了几十炮回敬他们。这样轰轰砰砰的，震得我们的耳朵嗡嗡的响起来。好容易炮声稀了，我们贴在地上的耳朵，已听见骨隆隆的铁甲车的声音了。我们连忙把机关枪的子弹装好，来福枪瞄准了，手榴弹也预备好。恶兽般的铁甲车近了。连长一声号令，我们就一齐动手，砰砰拍拍手榴弹又奏了奇功。铁甲车一部倒了。敌人和我们正在恶斗，但是被我们活捉了十五个，打死了二三十个，他们不能再顽抗了，便纷纷的败退。这时天空中又来了三队飞机，每队七只，如雁阵般，由白龙港飞来，在天空用炸弹向我们阵地袭击。我们的炮队立刻出动，向天空还击。飞机高高地飞起，忽然一阵暴风雨来了，天上的云层如墨，飞机在上面辨不出方向，不久就飞回去。

战争之神暂时安静了。

七

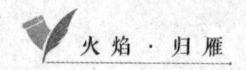

今天闸北没有战事，就连散碎的步枪声，也听不见了。原因是为了法国神父，同英国总领事，可怜那些困在火线里的无辜的百姓，向两方军事当局。请求停战四小时，好让红十字会救他们出险。这一件事竟成了我们在后方谈论的中心了。

第一是刘斌对于日本人的残忍异常愤慨，他告诉我们以下许多的事实：

他的同乡左琳，家住在虹口嘉兴桥附近。当战争发生后的第五天，他出来街上看看动静。忽然遇到几个日本兵，不问青红皂白，逮捕了他，送到东洋御是馆——就是日兵的司令部去。先把他的双手反缚，用皮鞭痛打了一顿；强迫他承认是便衣队，并且要供出我们的军情。左琳说："我只是一个商人，怎么晓得军队里的情形？"日本人问不出口供，于是又把他送到北四川路横浜桥东洋影戏馆去。唉！那地方简直是一座人间的活地狱。里面押着五百多个中国人。每天只给两顿饭吃，每一顿只给冷硬的小饭团一个，温茶一杯，在上午九点钟时吃一顿，下午三点又吃一顿。就是这样还算不错，至少还不至饿死吧！可是日本人残忍的兴致特别高。这些半饥饿着的人们，还怕他们的两个小饭团消化得太慢。于是把这一群人，排成一大队，叫他们学习东洋操、跳舞、比武等运动。比武的时候，先叫中国人和中国人角力，——换句话解释他，就是叫中国人自己互相捶打。这是多么使人含泪的滑稽戏呀！自己人打自己人，当然是手下容情。于是再换个花样，日本人和中国人角力，那就是日本人捶打中国人了。

至于跳舞呢，那更是魔鬼的胜利。把许多老的少的妇女，连在一起，叫她们绕着院子跑三圈，然后停下来。把年轻的，略有动人姿色的，全选了出来，叫她们把衣服都脱光，然后穿上绿色的、红色的运动衣，迫令她们在地上作狮子打滚。在打滚的时候，周围站了四个日本兵，那滚得面色发红的年轻的妇女们，时常被他们领到草棚后面去，在那里发出一阵阵羞耻的愤怒的压迫的惨呼。

其中有两个十八九岁的少女，日本兵命令她们脱了衣服，少女愤怒的瞪视着，不肯服从。一个日本兵走过来，狞笑的提住她，用刺刀将衣服刺破，雪白的乳峰现露了。不知是什么诱惑力，使得那日本兵的眼发红了。而少女用双手遮住胸口，这更把他潜藏着的兽的残忍激动了。刺刀亮铮铮的在少女的胸前一闪，流血的手无力的垂了下来。跟着雪白的胸前的一对乳峰，也蠕蠕然的掉在尘土上。血涌了出来。少女昏蹶在地上了。其余的一个，不肯脱裤子，于是那长而锋利的刺刀，便从那女子的下体，刺了进去，一声尖利的号哭，震动所有的人心。——便是那蔚蓝的天色，也渐渐阴沉起来！

左琳呢，只有把悲愤的眼泪，向肚里咽下。在这种压迫之中，他能作什么呢？就连自己的生命，还不知怎样结果？！……

他后来被工部局方面营救出来了。当他到战地来看我的时候，他说愿意加入战争，他誓为世界上的一切弱小民族吐一口冤气！……

"他现在到前线来了吗？"谢英问。

"我介绍他加入学生军；现在正在后方受训练，将来当然也要上前线的。"刘斌说。

"唉，什么是战争？换句话说，就是一群恶魔替大自然作毁灭的工作罢了。生老病死这种的转变，在人类还嫌太慢；因此加上战争；不该死的青年，都很快的死去；不该毁灭的建筑，也都于瞬息之间变成灰烬。于是人类的海里，起了不平的浪涛，使和平的人类都被浪涛所惊扰。……"这是我解释战争的意义。

"那末我们这次为什么要打仗？"张权对我的解释，显然不赞

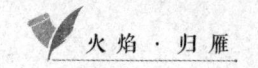

同。他这样的问了。

"当然我们这次的打仗，是另有意义的。第一我们不是为政府打仗，这与平常的战争，自然有不同的意义。……我们是为我们自己的生存问题，而与敌人一个迎头痛击！"我说。

"那么敌人为什么要攻击我们？"谢英插进一句。

"敌人吗？除那几个军阀，执政者，要想由战争里巩固自己的地盘和权利外，其余的人那全是一群被骗的傻子。……这话也许你们不相信，但是我可举个例来证实！这次日本海军陆战队，为什么要同我们开仗，最大的原因是争他们的面子。你们当然记得，九一八，东三省被日本陆军不费力的得去了。这一来陆军省在国内出了大风头，——海军省未免比较减色。于是便下了侵略上海的决心，同时骗了无数的傻子来拚命。……唉，这简直是可怜的是滑稽的呵！"

"唉，民众对我们太热烈了！"黄排长从外面叫着进来。我们都把目光转向他的身上。只见他面色绯红，两眼充满着兴奋的光波。正在这时候，我们看见伙夫又搬来了一大堆的罐头，还有一卡车新鲜的面包，在日光下透出甜香的味儿来。

两个穿洋装的新闻记者，手里握着一个小小的记事本，他们对黄排长说："现在我们带来了一个爱国舞女赵秀贞所捐募的五百元大洋——她是每夜过着失眠的生活，含着疲倦的笑容，向舞客们求得一些舞资，然而她是全数的贡献给爱国爱民的英雄们。民族自卫自救的意识，已经惊醒了每一个睡着的人心。此外还有三位姓陈的小学生，他们把各人四个月以来的点心钱，储蓄了二十元寄给了他们所敬爱的十九路军。就是那些苦力工人，他们也不能反对良心的激动，把他们吃白米，穿粗布衣的钱，节省了三十块，送到后方办事处去了。……足见贵军队，这次的奋斗，实在是为了民众，为了正义呵！"

黄排长含着感动的笑容说道:"这次的战争,真苦了百姓,而他们还这样的爱护我们,使我们有卫国护民责任的军人,只有感激惭愧!同时我们也极痛心,……但愿人类能走向光明的途程,使正义公道之神,能在战神之下抬起头来。我们愿与全人类共同努力!"

黄排长的这一番话,显然的打动了新闻记者的心弦,他们把这些话都写在本子上告辞走了。

太阳的光线,忽然被一层浮云所遮蔽,北风阵阵的吹着。虽然正是午时,而我们依然有些感到寒冷。刘斌提议去弄几瓶酒来,我们当然赞同。我并且举荐了谢英去办。因为他是有名的会掉枪花,伙夫是最不敢得罪他的。

谢英走后,发现我的干粮袋里,还有半包烟,我分给刘斌、张权每人一枝。黄排长也得了一枝。我们吸完烟,而谢英还不曾来。这使我们都有些等得不耐烦。张权忽然在那放衣服的墙角里,摸出一把胡琴来。他咿呀的拉起《梅花三弄》来。这声音冥然转变了我们的心情。我们不相信,我们是过着战壕中的拚命的生活。似乎悠闲的岁月又光顾了我们。脑子里所有的恐怖,怨恨,暂时都被遗忘了。但是一响一愁,就在这情形下袭击了我的心。同时我真确的意识到,我还是一个人。一个有理智有情感,和禽兽完全两样的人。并且我清楚地回忆到我的童年:

在一天正是初春的时序,我同邻家的小白,在一条小河边上钓鱼;我们一面看着钩竿,一面谈讲龙女的神话。后来我的钓竿有些震动了,我连忙拖起来一看,那钩子上正钩着一条三寸多长的活鲤鱼。我们非常快乐,把那鱼装在一只竹篮里。我们继续着一直钓到月儿上了东山,我们才慢慢走回家去。那时我们的母亲便把鱼烧好给我们下饭。………"

这一个不相干的回忆,想不到竟在这时重映于我的心幕上,我内心绞着恋慕母亲的情绪。然而现在,我没有权利为母亲着想。有

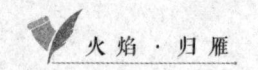

时我疯狂的追杀着敌兵,母亲就离我更远了。假如我这时要想到母亲,我便不能伤害敌人分毫。因为敌人也有着他们的母亲,为了这个,我将失却所有的战斗的勇气。……可是现在母亲,明明的又跑进我的心里来了。写封信吧,安慰母亲吧!再过些时,母亲又将从我心里失掉了。只要轰的一声大炮响,我们便要从人的世界跑到兽的世界去了。

门外短小精悍的谢英闪了进来。他果然有本事;他不但弄了很多的酒,他也弄来了一锅子烧肉。我们所有的人,都欢呼起来。刘斌竟把谢英举到肩头上,可是谢英很快就跳了下来,他得意的笑道:

"那个矮胖子伙夫,正把烧肉送到长官那里去。我藏在他背后,等到他转弯时,我便从他两肋下出现了。他出其不意的一吓,两手一松,而我却端个正着……真可笑,他急得胖脸上蒸出一层隐油来,……其实这老家伙是故意装腔,……他至少还藏着两倍这样的烧肉呢!……不然他就吃得那样肥了?"

我们大家恣意的吃喝笑乐,张权头上的青筋都涨红了,那久已不刮的绕腮胡子,也格外的耸了起来。

我们似乎都非常的快乐。四个钟头停战的时光,转瞬就过去了。

这时吴淞方面日本兵在黄浦江西岸,张华浜阵地派遣了八百敌兵用野战炮,和天空的飞机掩护,向蕴藻浜和曹家桥方面进攻!战争非常猛烈,我们又由后方回到火线去了。

八

我们回到前线时,机关枪声,和步枪仍在不断的响着。但敌人已停止反攻了。那瘦个子的广东兵李元度也死了。其余还有许多不知姓名的熟面孔，现在都不大看见了；而陌生的补充队伍今早已经到了一部分。

一点钟的时候，我们的翁旅长来检阅所有的部队。我们整队时，雄壮的军乐在奏着。远远来了三匹马，上面端坐着我们的军长和旅长、师长。先是军长向我们训话。

在一个小土坡上面，我们久经战阵的军长，巍然的站着，——他的身材很高，尤其是较长的脖颈上，所托着一颗充满热诚的坚毅的头颅，使我们直觉出他是一个近代典型的军人。他的一双锐利的眼神遍视了我们之后，他说：

"全体官兵同志：自从一二八敌人犯境以来，我们全体官兵同志，都为了民族争生存，为国家争国格，人人抱必死的决心和敌人周旋。所以激战到现在，颇占优势。……但敌人的援兵，仍不断的来；我们要得到最后的胜利，更要奋发士气，努力奋斗，总要使敌人知道侵略弱小民族的罪恶，同时使世界各国知道，我中华民国不是可欺侮的国家；中华民族非不抵抗的民族……"

军长的训话使我们的心弦都震动了。我们所负的责任太重大了。除了使我们最后的一滴血洒在战场上，我们是无以对国家和民众的呀！

我们的旅长，从容的也上了土坡。他和军长所给我们的印象完全不同；他是那样的和霭、亲切，但他眉峰眼角所表现的英毅果敢的精神，也是一样的感动了我们。他说：

"诸位官兵同志……现在是我们军人唯一报国的机会到了，我们不要把这机会错过，大家发挥素日沉着的精神，不慌不忙，把枪瞄准，务要一弹一敌；至低限度，也要使子弹从敌人的耳边飞过，吓得他不敢抬头，——子弹用完了，上起刺刀来杀敌；刺刀杀断了，用枪杆来杀敌；枪杆击坏了，挥拳去打敌；两拳打痛了，还有你们的牙齿，可以咬敌。……"

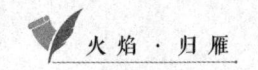

我们的心跳起来了。我们的旅长把怎样对付敌人的具体方法，明白的显示出来了。我们晓得怎样使敌人不敢轻视我们了。

散队后，我们依然回到各营队去。

谢英、张权、黄排长和我仍在一处，刘斌到炮队的防地去了。

下午我们渡过吴淞河，和其他部队联络，在这里——沿杨家宅的前后左右。我们都筑了强固的阵地。在各阵线架设了百连发的机关枪，并且由右侧阵地到对岸东家宅吴淞海滨的炮台，修成长蛇般的阵线，我们就在那里面驻守。

夜里雪霏霏的下着，敌人大约是怕冷吧，暂时安静了。

东方才有一些朦胧的晓色，火线上已经很热闹了。

炮火的浓烟和早雾绞成一片，轰轰隆隆的炮声，越来越紧。我们都散开伏在战壕的沙垒后面，不动不忙；我们只在等机会。忽然一个炮弹掉在我们左边的一道壕沟里，跟着扬起了一股浓厚的烟尘，细看壕沟的一角，已被打得粉碎！在半天空里一团灰色的东西，还在旋转，等到那东西落在尘土上时，唉！可怕！半个血肉糊涂的头，连着残缺的尸体，狼藉的堆在那里。

不知道究竟毁灭了多少同志？！但见救护员如穿梭般在战地里忙乱着，接连不断的用帆布床，抬出那些受伤的人们。

炮火依然猛烈的轰着，连长叫我们大家散开，每人中间都隔到十八步远，无论敌人的大炮怎样的猛烈轰击，我们不后退也不还击，只静静的等到敌人的炮放了一阵后，据他们的想象，总以为我们早都被炮火打成焦炭和肉酱时，于是他们才一队队站好，作好了姿式，扯开喉咙大叫几声，冲了过来。我们等他去喊叫，还是静悄悄的不作声；直到他们的炮火完全停止了，冲锋的队伍已走得步枪可以打到的距离时，一声号令，我们便一齐开枪，同时乘势冲出战壕。敌人本来只靠大炮、飞机，现在所有的护身符都没有了，只有连忙的往回跑。……师长的话不错："我们用精神胜过他们的物质！"

我们的一个排长，这时忽被敌人的枪弹击伤右腮，血如泉水般的涌了出来，但是他马上用带在身边的绷带裹好，仍旧奋勇的指挥我们；那不停止的血液，已透湿绷带了。谢英劝他到后方去，他只摇摇头叫着："杀！冲上前去！"不久左臂又着了一弹，身体有些站不稳了，才被救护队救到后方去。

敌人的冲锋失败了，前线陡然沉寂起来，我们趁这个机会饱吃了一顿。

我们才放下饭碗，前线的枪炮声又起了。日军从张家浜发动了。几声长而尖利的嘘嘘怪响，从阴沉的空气中穿过。跟着榴散炮从日军阵地像飞沙一般的掷出。飞机上的炸弹和机关枪如骤雨飞蝗般的落下来。可是我们永远是不慌不忙的，那边炮队的高射炮在对付飞机了。我们呢，握紧手榴弹，装好机关枪，对付那一群如野狼般的冲锋的敌人陆军。

他们败退了。天色将近薄暮，漫漫荒野的战场上，睡满了黄色制服的敌人死尸。而幂幂的烟雾中，萦绕着无数的大和民族傻瓜的阴魂。吴淞河潺溅呜咽的流水声中，含有无数冤鬼的幽泣。

战争又开始了。炮火狂吼着。天空中云雾迷漫着。但奇怪，烟雾越来越浓厚，简直仿佛整个的天就要压在我们头上了，什么都望不见。我们正在不得主意的时候，忽听见后面声音叫道："留心！敌人用烟幕弹掩护！在曹家桥的浜南搭浮桥，有几大队的冲过来了。"于是我们照样的喊起来，顷刻全阵线都准备了。

烟幕弹这名辞，我们还是第一次听见。究竟是什么样的一种东西呢？这使我们都不禁惊奇的注视着对面。不久果然有了新奇的发现了。这烟缕的确很像一重幕帐，从地面上直弥漫到半空里，这简直使我们感到神秘的恐怖，幕帐的背后究竟藏着些什么呢？恶魔猛兽吗？我们都提心吊胆的期待着。

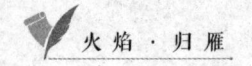

这烟幕很快的向我们的阵线移来。但是我们依然不动，敌军就在烟幕的掩护下，占据了曹家桥。这一来他们个个都增加了勇气，挺胸凸肚的向我们的防线里施行猛烈的射击。那时我们的援军又到了一部分，悄没无声的给敌人一个三面包围。敌人的枪炮失了效用。于是把步枪横过来，他们要想冲出去。可是我们和他们搅在一齐，玩起跌横的把戏来。敌人如同被猎人关在笼子里的困兽，东吼一声西冲一下。我们只是不放松。大家愤怒的睁视着，撞打着，同时外面的我们的援军，越来越多。把他们围得像铁桶似的，使他们就连从原路退却都来不及了。于是敌人的飞机只管在我们头顶上轧轧的叫着，而他们的炸弹，虽然很猛烈得多，但抛下来时，弹子是没有眼睛的，反倒把他们自己的人炸死了许多。焦臭的气味羼和着血腥，简直是从地狱中冲出来的怪味。我们都杀得眼睛里充满了血丝，头脑都失了知觉。但是我们的手，却能伶利的动作，脚也能敏捷的跳动，直到把活的敌人都变成僵冷的死尸时，我们才喘出一口气来。当我们整队回到原防时，敌人都安静的睡着不动了。

到战沟里时，一看手表已经五点了。呀，我们整整的血战了十二小时，这简直使我们自己都不能相信。可是我们真是杀得筋疲力尽了。幸喜和我们换防的步队，已经开到。于是我们这一群疲困的，和满身都染着血迹的战斗者，便被载在几辆卡车上，运到后方去。我们暂时可以喘气了。敌人的大炮，虽然还不时的震动着我们的耳膜，但那声音只像闷雷似的隆隆的响着，一点伤害不到我们了。

当我们把身上的衣服脱下来的时候，在我的衬衫上发现了几个硕大饱满的虱子，它们就在这几天里跑进了生的世界；但是不久便被我们用指甲掐死了，这样看来它们的生命，比我们还短促呢！

谢英脸上染了不少的血迹，据说他用刺刀刺了敌人的右肋一下，敌人却在一声凄厉的狂吼中，扑了过来，同谢英滚作一团。谢英是出名的小个子，因此他的脸几次贴着他的胸部，最后那种强壮的敌人到底躺下去。谢英又当心给了他一刀，可是谢英自己也弄了满脸的血污。他洗过脸之后，他叫我看看干净了没有。在我向他注视的时候，我忽见他的面孔完全变了，又黑又瘦，颧骨如小山峰般的耸着。目眶深深的陷下去了。而且眼睛的四围，露着裹扎的圈子，……唉，我的心有一阵莫明的凄梗。我感觉到刻骨的疲软了。我怔怔出着神。谢英摸不着头脑，他似乎也有些发慌了。

"怎么，莫非我脑袋上有个大窟窿吗？"他不住用手前后左右的摸着。

"不是，你一点伤都没有。你是完全好的。不过你黑了瘦了。你的眼睛有着红的血丝，……当然这算不得什么的。"我回答他。

他不说什么了，只把每个人的脸都看了看。他沉默的穿上干净的衬衣，他无力的倒在一堆稻草上了。

我呢，当然也是疲倦得抬不起头来。可是我想在一个美好的梦里休息一下的事实，终也只等于泡幻。我的身体越疲倦，而我的精神活动越厉害，脑膜上所曾刻镂过的印象，都一幕一幕的重映出来。

我才闭上眼睛，我们旅长英毅果敢的影子，又逼真的出现了。"……务要一弹一敌，至低限度，也要使子弹从敌人的耳边飞过……"不错，我们什么都缺乏，无论是枪炮、子弹，我们都不够和敌人打个痛快。假使我们要有飞机，只要把吴淞口外的军舰炸毁了，敌人就不敢把许多无辜的傻瓜运来和我们作战了。现在呢，我们只好眼睁睁看着他们，把许多使我们毁灭的锐利的军器和猛烈的军火，一船一船的搬到我们的地方上来打我们。唉，我们有点什么呢？……是的，我们只有用精神来胜过他们的物质。这二十天来，我们都只是用着可贯天日的，不屈不挠的精神，在和敌人对抗。可是他们天天有增援的军队开到，而且又来了一个恶魔化身的植田司

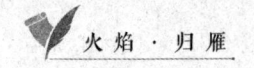

令。他曾经杀戮过我们济南的民众，他这次又戴着强权胜利的王冠，再度的来伤害我们了。……

无数的爱国民众，都在向我们膜拜了。许多菜场的摊贩，把菜肴和捐款都送到伤兵医院，慰劳伤兵。唉，我们这次是抗日的民族战呵，我们不是傻瓜呢！就这样疲劳到死去。我们还有什么不甘心的呢！……

哟！敌人的尸首堆积成了一座小山。今天一下子，就解决了一千多人。他们为什么要来送死？莫非是他们的民众的意思吗？……我想起来了，昨天，我们在后方看见报上有一段新闻，日本的妇人组织了向政府索夫的团体。她们很聪明，可是她们觉悟得太迟了。她们为什么不阻挡她们活着的丈夫不作傻瓜，到头来只向政府要她们的死丈夫呢？这真够滑稽得可悲了！

还有一件事实浮上我的观念界来：

前天敌人又来了三千多名的援军，但当他们接得向我们总攻击令的时候，其中竟有六百人，不愿参加作战，顿时哗变起来。当时其他的敌兵，把那六百个包围缴械，并立刻急电植田司令请示处置办法。植田命令把这一部分哗变的军队，立刻押解回国，免得煽惑军心。过了一天，这些人便被装在一艘军舰上驶出吴淞口外的洋面上停泊了。不久就听见有步枪和机关枪的声音，被海风送来。约过半点钟，才寂静了。据说这六百人，因为不愿当傻瓜，所以都被枪决了。唉，魔鬼化身的执政者与军阀，他们诚然都具有魔鬼伟大的权威，但是所有的民众，都不愿作傻瓜，他们的权威就立刻粉碎了。……唉，我们的敌人，何尝不是我们的朋友呢！只要毁灭了我们中间的障碍，原可以握着手，亲切的互弹出心弦中无私的交响曲。造物主创造了人类，何尝希望人类互相屠杀呢？……但这仅仅是我所憬憧的光明世界哟，而在我所睡着的地方，依然只有咬牙切齿的互相屠杀，互相毁灭罢了。

我被这些不一致的思想、回忆困恼着。同志们的鼾吁声一阵响似一阵，天色渐渐的黑下来了。明早又要上前线，想到这里，我不能不安静自己设法睡去。我只有闭紧眼，数着我自己的叹息，使睡眠之神快快的光临。

九

现在我们被调到庙行的火线来。

昨天这里有着很猛烈的战事，敌人连日到了增援的许多部队。

有第九师团，及久留米混合部队，一共有两万多人。而我们全阵线的战士，不过三万多人，在这里作战的仅仅几千人。至于军器呢？他们有重炮、野炮、小钢炮、榴弹炮、迫击炮、山炮，还有坦克车、铁甲炮车、飞机等，我们所有的仅仅少数的机关枪，炮虽然也有几门，但可怜每一师才有一个比较像样的炮兵团。我们拿什么和敌人比？不过我们从官长到每一个兵士，都怀着为民族牺牲的精神，我们不愿被压迫而死，我们的头颅热血和忠诚的心，就是我们唯一的利器了。就这样和敌人对抗，直到公理之神抬得起头来的时候。

敌人仍然是用坦克车和铁甲炮车，掩护冲锋。他们由江湾跑马厅，西北角推进，越过铁路，取道孟家宅，向我们的阵线猛烈的扑过来。在他们的坦克车、铁甲炮车前进的时候，天空的飞机，好像秋天南去的雁阵，弥漫了蔚蓝的云天。炸弹如雹子般落下来。于是天空和大地充满了惨厉的号叫，和使人心碎的恐怖。一阵霹雳的爆炸声里，所有村庄的房屋毁灭了。大火吐着可怕的火舌，在吞卷一切；火势蔓延到茂密的竹林里，空心的竹杆，霹雳拍拍的爆烈了。高耸云层的竹竿倒在地上；一切生物的扎挣，都成了失败。它们都

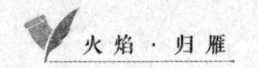

被炮火所征服，变成随风飞扬的灰烬。

我们被毁灭的恐怖包围，静静的躲在战壕的隐蔽物后面。果然一个大炮弹落在离我十码左右的壕沟里了。如闷雷似的爆炸声，从地底发了出来，把壕沟连底翻了出来。几个灰色的东西，裹着烟尘在半空中跳掷。残缺的肢影，血淋淋的散了落下来。谢英的脸变成灰白，他咬住牙，凄厉的叫道：

"好厉害的炮火！"

但是还有什么用？现在只有奋力的把人打死，不然就是我被打死。我们愤怒地狂吼着，手里的枪不住的放射着，每个人都变成狰狞的恶魔了。我们在困苦中和敌人拚了一天一夜。敌方的兵力越来越厚，我们的阵线被突破了五百余米，而敌人的大炮更猛烈的轰击；我们只好退出庙行镇，于是敌人占据了我们自庙行镇南端无名河流以东的阵地了。

下午我们的援军开到了，于是我们便向敌人反攻。罗营长率领着我们向敌人冲锋。敌人把坦克车作了护符，使我们不易攻进去。因此派遣了三十个敢死队，全身束了手榴弹，滚进敌人的阵线，把坦克车炸毁了。自然他们是永不回来了。可是我们就在这时候，大队的冲了过去，给敌人一个不及防备。痛痛快快杀了一阵，几百个死尸杂乱的堆在地上。敌人胆寒了，不敢再和我们肉搏，忙忙的后退。于是我们又把失去的阵线夺回来了。而罗营长左臂受了弹伤，仍不肯休息，在前线部署一切，防备敌人的反攻。

果然不久，正面的敌兵千余人，向我们的阵地放射一阵炮火，便如怒潮般的冲上来。罗营长如猛虎狡兔般在火线上奋勇指挥，使敌人们不能前进一步。而我们的同志们，如鸷老鹰般，越杀越起劲，足足杀了三个钟头。敌人有一半送了命，其余的一半疲乏的退回去了。我们的同志，这次也损失了不少。熊连长同李连副都受了重伤。当我们整顿部队的时候，发现刘斌失踪了。这使我们很焦急。我同谢英到各处去打听，都没有他的消息，难道说他也完了吗？战争是连同死亡毁灭一齐来，死是当然的，我们只能这样想，不然我们简直要发狂了。

前线暂时安静了，我和谢英到底不能就这样把刘斌放下，我们在昏黄的天色下，跑到前面去寻找刘斌。也许他躲在炮火打陷的坑里；不然我们也该看看他的遗体，也许还不曾掩埋，那么我们把他埋了。也算对得起他了。

唉，这里是多么可怕的地方呀？！尸体零零落落的躺着，赤红的血，把黄土染成黑紫色。我们正在向前走的时候，忽听见嘘的一声，我们连忙伏在地上，好险，一个子弹从我的耳朵旁边飞过去。我们知道前面一定有敌人的步哨，因此我们不敢站起来走了。我们如蛇般慢慢向前爬。当我们经过一个陷坑时，我听见有人在呻吟，谢英连忙叫道："你听，不是有人在呻吟吗？也许就是他！"我们连忙伏在坑边喊道："刘斌！刘斌你受了伤吗？"但坑里的人像是不了解般，依然呻吟着。谢英把身边藏着的电筒拿出来，向坑里一照，这使我们两个人都失了常态：那里是刘斌哟，只是一个穿着整齐的黄色制服的敌人，然而他是快要死了，他的黄色制服上染了一片血，他的肚子被刺刀划了一道很阔的伤痕，大肠的一部分流了出来。当他睁眼看见我们时，陡然的把身影向下缩去，一双悲伤绝望的眼睛，向我们注视着，同时有一点亮晶晶的东西，挂在他的眼角上。唉，他是将要离开这个世界了。而我们是看他临终的两个人。我们应当让他从这个世界里带些什么东西走？我们同他站在国家的立场上，是敌人。是互相杀屠者。然而我们全是人，让我们把人类独有的同情给与这个将死的人吧！我把他的手放在穴里，同时替他解开紧拴脖子的军装衣领，使他透气容易些。同时我又给他喝了一些热水瓶中存着的酒。他向我点了点头，他是在感谢我们吗？唉，那只是羞耻呀，人杀人杀到这地步！

火焰·归雁

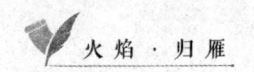

　　他咽气了，我同谢英不由自己的把陷坑四面的黄土堆在他的身上。他就在我们圣洁的同情中被埋葬了。刘斌没有下落，也许是在后方医院，但现在我们没有时间去看他。

　　天色发白的清晨，我们的旅长同团长都骑着马到庙行火线来视察。满地都躺着黄色灰色的死尸，死亡之神，无论向我们怎样压迫，而激烈的战争，依然继续着。我们这里来了一部份生力军，因为罗营长负了伤，所以将罗营调回从新整理。在换防时，前线仍有小接触。林排长、熊班长，同着三个列兵正在和敌人死拚。他们身上受了重伤，但仍不肯退，直到敌人失却战斗力时，他们才被用伤床抬到后方医院去。

　　敌人经过这一场失败后，于是变更战略；又利用他们猛烈的大炮，向我方阵地猛烈的轰击，打算破坏我们后方的阵地，因此炮声如连珠般接连轰来；同时陆用飞机三十多架也都一齐上了阵线。在那飞机上放下白色的汽盆来。这一着真凶狠，他们的大炮就跟着汽盆所指示的目标轰击。炮火震失了我们的感觉和理智，我们简直变成了麻木凶残的了。

　　那些飞机始终在我们的顶上打旋，在他们出现的霎那间以后，炮弹就如骤雨般，在我们附近掉下来。我们的战壕虽很坚固，但仍不断的把我们毁灭着。

　　突然间一个在我旁边的列兵倒下了。我连忙伏下身去看他，而他正昏迷着，直到猛烈的大炮把他震醒时，他只是痛苦的呻吟。我细心地察看他的伤，最后在右腋下，看见他一根排骨露出来了，血液兀自不住的淌流。我找了一卷绷带，轻轻的把伤处裹好，他翻起无神的眼睛向我望着。"安心点，不久救护车就来了。"

　　他绝望的摇着头，凄苦的说道："恐怕来不及了！"

　　当然这话是真的，他的脸色已由灰白变成紫的了。死神的黑翼已来包围着他，……我这时应当对他说什么呢？！

他的气急速喘着,我握了他的手说:"朋友!你死得光荣!"这句话果然安慰了他,他就在凄楚的微笑中死去了。我们挖了一个坑,把他草草埋了。

敌人的十余辆的坦克车和铁甲炮车,排成一字形,在炮火掩护中,向我们孟家宅西面的阵地进攻。这一着早在我们预料之中,所以当这一列的坦克车,来到相近我们阵地二百米的地方,轰隆一声巨响,有三辆铁甲车陷进了陷阱,其余的立刻停住了,不敢前进。这时我们就冲出战壕,手榴弹、步枪,及手提机关枪,一齐在空中飞射。我们猛扑坦克车后随的敌人大队,于是黄色的,灰色的阵线混合起来了。每一秒钟里都有死亡的受伤的。喊杀的声音,使四野的土地都似乎震动了,渐渐的敌人的数目减少了。我们的同志也横七竖八的倒下了。但黄色的尸体,多得使敌人吃惊,于是只有向后溃退。

敌人起先进了我们的铁丝网,此刻急忙退去,竟忘了铁丝网的障碍,等到他们退到铁丝网时,我们追了上去。因此被铁荆棘刺伤的,被刺刀戳死的,竟又有一百多人。敌人都掩护救去,尚有一部分伤亡的。仍放弃于我们阵地前。

我们看见几个受伤的敌人,凄厉的号叫着。我们走到他们的面前,他们的面色变成青白,全体战栗着,把他们的枪刺刀,盒子炮都柔顺的高举过头,等我们收缴。只要让他们还活着就够了。这情形使我们除了怜悯,还有什么?他们的死,只是侵略弱小民族的残暴者的结果呵!

谢英忽然看见敌人的小队长,脸向地面僵卧着,身旁有一只图囊。谢英拾起来,打开看时,里面装有上海市详图、上海巷战要图、上海附近详图、山东省详图,还有我们兵力的配备略图、上海日军联队编制官长姓名一览表……这许多东西,使我们都看得惊住了,不知在多久以前,他们就预备着侵略我们哟!

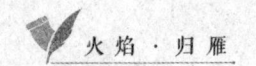

我们现在回到战壕来，当然是十分疲倦地都睡倒了。不一会的工夫，只听见鼾呼的大声，如同打雷般的充塞了战壕里。忽然集合的信号，把我们都从梦中惊醒，急忙的跳起来，背上枪弹在沙垒后面，向敌人的阵线瞄准，我们的连长，命我们一队由敌军后路包抄；一队由庙行镇正面攻入麦家宅。我们才到达目的地时，忽接到团冲锋的信号，于是只听胡哨一声，一千余人集合一处，全向敌人阵线猛冲过去。我们队伍密集如铜墙铁壁；冲过去时，数千敌人都好像海上孤舟遇到掀腾的怒潮般，不敢抵抗的弃了一切，拖着武器拚命的逃窜。于是我们的前队，与左翼的队伍有了联络。敌人被这一冲前后都受攻击，简直没有方法退走，只好竭力的在我们的包围中闯来闯去。几个钟头以来，双方如疯狂般的杀着拚着，狂吼着；吴淞江的流水鸣咽着，蔚蓝的云天沉默地凝视着。天空的飞鸟不敢在附近的树上停留，敌人始终没有法子冲破这层层的包围；于是只得躲进所筑临时散兵壕里面，用猛烈的机关枪，密集射击。我们的指挥官，就下命令暂时停止攻击。俟部署定后，再来解决那些残余的敌兵。而敌人在这时也停止了抵抗，前线陡然变成寂静。这时我们和敌人相隔仅四五十米，彼此伏在战壕里瞄准，期待射击。谁都不敢露出头顶来，因为这是太容易被毁灭了。

四境异常的寂静，使我们感到神秘的恐怖，仿佛对面的壕沟里有着猛鸷的毒蛇，暴怒的饿虎，贪狠的狼群……我们就挣扎于这不能形容的恐怖中。

忽然一阵歌声冲破了这恐怖的寂静。我们细听，原来是敌人在唱国歌。这阵歌声，把我们叫回人类的世界。于是我们也不约而同的唱着党歌与射击军纪歌。这虽然是由于两个绝对不同的心弦颤动，然而当这音波从这漫漫的荒郊撩过时，从那无数浴血尸体上飞过时，那里面含有悲哀、兴奋、挣扎、反抗种种复杂的情绪。

不久前线出击的命令下来了。"趁敌人的援军没到的时候，我们决定转移攻势压迫敌人庙行、江湾全线，把残敌歼灭。"我们接到这一项命令时，人人精神抖擞，个个发誓都要把敌人灭尽，使他们不敢轻易的侵略我们。这是我们死战的唯一信念。无论死亡，破灭的恐怖怎样的压迫我们，而只要一想到为民族牺牲个人的信念，便什么都不怕了。

我们分三路进攻，一部分集中李家库，经唐东宅向赵家宅、孟家宅、白漾宅的敌兵攻击；一部分就渡河经北沈宅、南沈宅向周家宅攻击；还有一部分从庙行一面以金穆宅为攻击目标，我们这样配置好了。我们一队是加入庙行正面的火线。今夜月色很娟洁，我们在明媚的月光下，向敌人的阵线猛攻。我们没有坦克车，铁甲炮车的掩护，我们只在少数的炮火的掩护下冲过去。敌人的机关枪，虽然猛烈，但是我们奋勇的，一排一排冲上去。除了一部分牺牲外，其余的到底冲过他们的阵线了。我们跳进他们的战壕，谢英先一刀刺死了那机关枪的队兵，他是个较胖的，有着两撇胡须的人。他倒下了，于是谢英把机关枪的机件毁坏了。一阵猛烈的肉搏之后，被我们占领了。黄排长和我们的第一连李连长打死了敌人的小队长西尾少尉，得了他的钢盔及呢军服。

第二连冲过敌人的步哨线，夺来了敌人的三八式步枪五枝，张权抢来一面太阳旗。

我们足足杀了一天一夜；虽然我们疲倦得连话都不想说了，不过我们是打了个大胜仗。我们是在猛烈的炮火下，多量的飞机下得了胜利，这使我兴奋得几乎忘了疲倦，在我们被调回后方从事整理和补充时，我们依然挣扎得很好。

我们挤在卡车上在那被炸弹轰陷不平的马路上颠顿着时，虽然早晨的空气那样锐利的刮着我们的脸，但是我们的头部仍然昏沉着。当然我们是太疲倦了。在这几天里，我们忘记了饭和睡眠的味道。

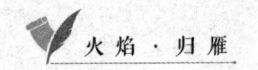

到后方时，第一件事情是先填饱我们饥饿的肚皮。其次呢……抽根香烟，睡眠——倘使能睡个一整天，我们不再希望什么了。

伙夫今天送来了很好的烧猪，还有大坛的陈绍，他笑嘻嘻的说：

"这是军长的好意！"

我说："你替我们烧得这样好，也是你的好意！"

他哈哈的笑了。我们团团围坐着，他把一份一份的烧肉分给了我们。——香味浓烈的冲进我们的鼻子，饥饿从喉咙里伸出手来。于是大块的烧肉，被塞进我们的嘴里，贪心的嚼着咽。陈绍一碗一碗的吞下去。不久我们的肚皮，感到适意了。于是似乎又有了精神，仿佛再杀上两三天也不算什么。这样一来，我们又有说有笑的闹成一片。

一个从江湾阵地回来的列兵，他呷着嘴，兴高彩烈的向我们述说战场的趣闻。他说："今早敌人忽用马队向我们阵线冲锋，——我们的李连长，早已想到有这么一着。老早预备了几百只无用的炭篓，挖了许多的窟窿，散放在阵线的各要道上。当一阵猛烈的炮火轰击过后，那一队骁勇善战的战马，伸头扬蹄的冲过来了。不提防马脚踏进炭篓，把马蹄套住，因此跑不动了。这群蠢东西就使起性子来，人从马上跌落。马和马又互相咆哮踏践，人的阵角已经动摇；于是我们指挥官发出号炮，我们一齐从壕沟里奔了出来，奋勇冲击，敌人不敢应战，向后败退了。这一仗我们得了不少的枪枝钢盔，还有日本皇后所绣的旅团旗一面。"

我们都高举酒杯，狂呼中华民族万岁！公理胜利！

一群兴奋的人们，都敌不住疲倦的侵袭，纷纷的倒在床上鼾呼的睡去，但我忽然想起刘斌来，明天无论如何要到后方医院去探听个明白，谢英赞同我的计划。

不久我们也睡着了。

十

我们在后方医院的伤兵名簿上，发见了刘斌的名字，这真使我们放了心。

但是谢英说："不知道他究竟伤了那里？"

我的心又紧张起来了。

"也许是轻伤，但重伤也可能，谁知道呢？"我说时全身的毛孔里似乎侵进一股冷气，有些寒战了。

我们被揣想的恐怖所包围了，当然我们沉默无言的走过医院里那条深而狭的甬道时，浓重的阿末尼亚的气味，刺激得我要打喷嚏。同时病人无力的呻吟和痛苦的呼叫的声音，充塞了我们的耳壳。困扰了我们的心灵。

医院里挤满了人，一个个的伤兵，睡在铺着白布单的铁丝床上和帆布床上，有些面孔是很熟识的，我们走过他们面前时，他们脸上都有一种兴奋的表情。

"战事怎么样了？"一个头上裹着绷带的伤兵，向我们问讯。

"很得手，放心吧！同志！"

他点点头，从嘴角边浮上一丝安慰的微笑。

一间病房的门开了。我看见那房里有两张床。那上面睡着的正是我们的林排长和熊班长，我同谢英连忙向他立正，并且低声问道：

"觉得怎样？排长，班长！"

林排长声音微弱的说："我的左腿断了！……可惜敌人还不曾杀完！"

"排长放心，我们还有许多不曾断腿的人呢！我们一定要把倨傲的敌人杀尽，替国家雪耻；为排长和一切的同志报仇！"

排长点了点头，他的脸色青白，缺乏血液，我们恐怕他也许要

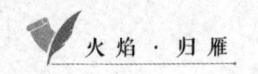

挣扎不得。

"班长觉得怎样？"我们背转身来看着熊班长说。

"不要担忧！我只是左肩上伤了一块！……假使日军再向我们进攻时，我还得上火线和他们拚一拚呢！"

班长在兴奋的情绪下，左手也跟着动起来，但立刻他哎哟了一声，头上的汗点，如珠子般滚了下来。我们晓得他的伤势也不轻，我们不敢多坐，使他们劳神，连忙站起来向他们告辞道：

"再见吧，排长班长，我们下次再来看您。……希望那时候伤口全好了！"

林排长和熊班长对我们诚挚的注视着。我们黯然的走出了这间房间。

对面来了一个年轻的女看护，她手里托着一个盘子，上面放着一杯牛乳，热气还在一缕缕的冒着。我向她问明刘斌的住房，原来在二层楼上。我们连忙的跑上楼，奔刘斌所住的房间去。谢英轻轻的推开门，只见这是一间长方形的大房间，里面排列着十二张帆布床，床上一律铺着洁白的被单，每架床前放着一张小茶几，上面放了各种各式的药瓶茶杯一类的东西。刘斌睡在靠窗子边的一张床上，他这时正从梦里醒来，他睁开惺松的睡眼看着我们，他头部好好的没有一点伤痕，不晓得他究竟伤了什么地方？

谢英如飞的窜到他的床前。

"老斌，什么地方受了伤？……昨天我们简直担了一夜的心呢！"

"这简直是开玩笑，一块碎弹片把我的臀部划掉一块肉！"刘斌说。

"没有伤到筋骨吗？"我问。

"没有………大概两三天后就可以回到前线去了。今天有战事吗？"

"敌人第九师团到后，还是吃败仗，现在又在等救兵，大约这一两天里不会有什么猛烈的战事吧！"

"好的，等到我的伤好些，再开火吧！"

刘斌的面色精神还照旧，这使我和谢英都放了心。这间屋子里睡的都是轻伤；所以护士也不来干涉我们高声谈笑。刘斌告诉我们许多医院里的故事。他说："医院里天天有许多民众到来慰劳伤兵，今天早晨来了一批女学生，温和的从我们床前走过，并送给我们一只热水瓶，一块手巾。

"正在这时候，有一个受伤的同志，向她们叫道：'渴死了，我要喝水！'一个女学生连忙把他茶几上的茶杯举起，倒了一杯温开水，扶着他的头慢慢喂下去。那位受伤同志喝下了，她又扶他轻轻睡好，才含笑问道：'够了吗？'

"'够了！谢谢你！'他说。

"'哦！你们是为民族辛劳的英雄，我们应当谢谢你们！'那女子说。

"那时我的心里充满了感激和羞愧的情绪。热诚的民众呵！我们负着卫国护民责任的军人，是不是个个都对得起你们呢？我们的良心在这样的问着。

"这一批女学生刚走，又来了一队小学生，每人手里拿着一袋食物，苹果般的面孔上，嵌着一对纯洁的明亮的眼睛，嘴唇边浮现着热烈的亲切的微笑。他们把食物轻轻的放在我们的茶几上，向我们发出音乐般的声音说道：'可敬的先生，愿你们早些痊愈！'我的心跳起来了。当一个年约九岁的小男孩走到我的面前时，我不禁把他的小手握住，我说：

"'小朋友！你几岁了？'

"'九岁！'他温和的回答。

"'谁叫你们到这里来看我们？'我问。

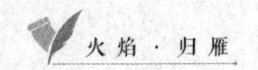

"我们自己要来的,……在学校时先生告诉我们,日本人不讲公理,趁着我们国里闹水灾的时候,把东三省夺去了。现在又打算来抢我们的上海,幸亏你们这些可敬的先生!不顾自己的性命替我们全体民众和日本人打仗,……现在你们都受了伤,所以我们应当来看看你们;把我们母亲给我们的点心钱,积起来买了些东西送给你们这些可敬的先生!……因为我们都还小,我们没有法子去打仗。……"

"'呵,聪明的小朋友!'我只能说了这么一句,因为我的眼泪已经梗住了喉咙!……"

刘斌和我们正在谈讲的时候,忽见一个年纪老迈的乡下老人走了进来。他身上穿着打了补钉的蓝布棉袄和棉裤,白得像银丝般的稀疏的头发,约略的遮掩着后脑,前额秃得发出橙黄色的亮光来。在那满了辛苦的皱纹的脸上,漾溢着仁慈的色泽;他手里还提着一篮红艳的蜜橘,在他身后有一个身材高大的护士,随了进来。只听那护士向我们说:"诸位!这位老人是一个水果小贩,名字叫作小江,他因为这次诸位为国牺牲,所以特地把他历年来所积储的大洋四十元,买了一箱蜜橘,慰劳诸位受伤的同志!"

老人让护士说完时,他满面含着诚挚的笑容,走到我们床前,每人分送两只大而且红的蜜橘,我同谢英也得了两枚。我们向他道谢!他只谦逊的含笑向我们点头。

后来他走到我们连长的床前,连长收了他的橘子说道:

"你的盛情我们十分感激,但是你偌大年纪,又是小本经纪,我们怎样好白受你的,……这里二十块钱你先拿去吧!"

"哦,官长!那可不能收,我虽然是小本经纪,但我每天一块钱的水果,可以赚四角钱,很可以过得去了!"

连长露着感动的眼波,望着那老人的背影,一直到转弯看不见了。他拿起一个油红的橘子,剥了皮,一瓣一瓣的在沉思中咽了下去。

这时门外一阵脚步声，几个穿着白衣服的医生和护士，来检验病人了。一个伤了右眼的兵士，他的绷带上浸透了血液，医生对站在旁边的看护，低声说了一些话后，只听他痛苦的叫道：

"不行，医生，不能挖掉我的眼珠呀！……"

"安静点，那是没办法，左眼不挖掉，恐怕连你的右眼也要保不住了！"医生淡然的说着。那左眼受伤的兵士，依然不理解的喊着叫着。

"不！不！我不愿让你们施手术！"但两个护士已把他抬在一张有轮子的小床上，推着走了。医生依序的检视其他的受伤者，最后他走到刘斌的床前，先由一个女看护替他检视了体温，医生看了看他的脸色说道：

"你的伤处觉得怎样……痛得利害吗？"

"还好，只是不能自由转动！"刘斌说。

医生点了点头，忙忙的走出来了。不久又来了两个看护妇，她们是非常和蔼，亲切，她拿了装药的白镍的盒子，另外一个白瓷的盆子，还有绷带、药棉一类的东西，走到刘斌的床前，轻轻的把刘斌的臀部的旧绷带解开；解开后三寸长两分多阔的弹口伤露出来了，那个比较年纪大些的女看护，用药水轻轻的敷过之后又挑了一点黄色的药膏涂在一块纱布上，轻轻的包扎好了。她微笑道：

"你没有发烧很好，……再有两三天就可好了！"

"多谢女士！"刘斌含笑说。

她们的雪白的身影在门外消失了。

"她们真好，简直不拿我们当军人待……温柔和气的为我们服务。我在战场上受过三次伤了，而这一次是好极了！……"刘斌慨叹的说。

"不错！……这次战争，我们同志们都得到意外的安慰和舒

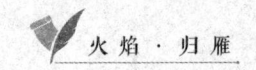

适。我们什么都不缺乏，物质上我们有得吃有得喝，而且这些吃喝的东西，是我们无论那一次战争时，都不曾有过。精神上呢？我们有纯洁的安慰，有光明的鼓励，的确我们同民众是站在一条战线上呢！"谢英接下去说。……刘斌似乎要睡了，我们便约定假如可能的话，明天再来看他。我们别了刘斌走过林排长的屋门口时，看见林排长的身体挺直的睡在有轮子的床上。三个看护妇，静静的往手术室那边推去。他的脸色变成灰白。两只眼眶深陷下去。嘴唇露着灰紫色。谢英悄悄的掐了我的手轻轻说道：

"我们恐怕不会再看见他回来了！"

"你这话是什么意思？"我问。

"我怕他经不起施手术就要完了！"谢英说。

"但是他们为什么一定要这样作呢？"我问。

"当然医生是有医生的道理吧。"谢英回答。

我们俩不能就这样离开医院。我们站在走廊上等了大约三刻钟，手术房的门开了，而我们的林排长呢，被一块白色的被单，连头带脸一齐盖住了。而推轮床的不是护士和女看护，而是医院里的夫役。

"完了，你看他把林排长推进冰房里去了！"谢英恐急的说。

"什么冰房？"我不大明白他的意思！

"你不晓得医院里的冰房吗？那就是停放尸首的地方呀！"谢英凄然的说。

"我们再去看看熊班长吧！"我提议说。谢英点头赞成。于是我们又找进熊班长的房里。

熊班长见了我们问道："你们知道林排长施过手术怎么样了？"

谢英向我递眼色，我明白他的意思。熊班长和林排长是很好的朋友，同时熊班长也受着伤，这个可怕的消息，怎好向他报告？只得支吾道："大约很好吧！可是他因为才受了手术，另外住了单间房，恐怕一时不再回到这里来的。"

"但是我总不放心，他伤得太重了！……昨夜他把支饷簿子交给了我！……"熊班长的声音有些发颤了。我们连忙安慰他道：

"不要紧的，这里的医生手术很高明，一定有法子想……班长还是自己保重吧！"

"是的，谢谢你们！"

我们告辞出来时，看见又抬了一个受伤的人，补充了林排长的铺位。

医院门外正刮着凄冷的北风，天上没有星没有月，我们在这昏暗的夜中，回到了军营。

今午前线很沉寂，不过我们接到命令，明天早晨要回到前线去。

十一

敌人又调到大批的生力军了。会合残部总有一万多人，向江湾西南面，庙行东南的小场庙我们的阵线进攻。这里只驻有我们一营人，所以我们唯一的对付方法，就是沉住气。等到那一群像毒蛇般的敌人，在猛烈的炮火烟焰中，渐来渐近时，我们便似潜伏的猛虎一跃而去，同时百连发的机关枪，不停的扫射。只见第一排冲锋的敌人倒下去，第二排跟上来，但也一样的倒下去。这真使敌人没有勇气前进。第三排倒下以后，他们暂时停止了前进。也许他们正怀疑我们这里不只一营兵，于是轧轧的飞机声，开始在我们头顶上盘旋了。在他们侦察之后，便用左盘右旋的方法指示敌人炮击的目标。一颗颗的炮弹，打在我们的阵地上，一股股的烟尘，把蔚蓝的天色，变成惨暗，我们的同志眼看着接二连三，被炮弹所毁了，因

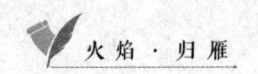

此我们只好暂时退却。

我们到了第二道防线时,我们的同志少了三分之一。我四面的看了一阵,看到谢英和张权、黄仁都安全无事,这使我多少有些高兴。

敌人暂时不来进攻,我们也没力量反攻,火线上这时平静了,营长已经打电话到军部去了。我们预计下午必可反攻。这时我们吃了些干粮,装好子弹只等反攻的信号。

不久我们的援军分三路来了,一路从谈家宅袭击敌军的左翼。一路从塘东宅水车头向敌的右翼包抄。一路协同我们从正面进攻。这一来人人兴奋,把敌人三面包围。敌人呢,这一次也来得非常猛烈。这地方是他们重要出路,所以不肯轻易放弃。于是两面的炮火,都猛烈的交击着。子弹嘘嘘的在空气中狂吼。大地都撼动起来。火光如闪电般在烟尘中时现时隐。我们人人忘记了死,只顾向敌人开机关枪,掷手榴弹不停的进攻。可是敌人的炮火也够厉害了。阵线前,沟壕旁,一个一个深陷的弹坑,使人联想到魔穴的恐怖。空中充满了砰砰的弹声,噼啪的枪声!迷漫的烟雾,羼和着硫磺味道,使人差不多要窒息昏去。一阵混乱的攻击过去后,两方的距离更近了。于是我们冲进敌人的黄色队伍中去,枪杆横打过去,刺刀向胸前腹部各地方戳下去,于是地狱中的惨号悲吼的声音,冲出了人间。地上的血泊成了一条小小的河流,蜿蜒的流开去。尸体堆积在地面,成了一座多色彩的小土阜。

正在混杀的时候,忽见我们的左翼方面一声呐喊,敌人阵地冒起浓烟,手榴弹纷纷的暴裂了。敌人如山崩般的溃退了。同时我们正面跟着逼上去。使得敌人先头部队与左翼失去联络。于是敌人惨败了。我们唱着雄壮的凯旋歌,在腥风血雨中回归原来的阵地。

我们掳了不少的俘虏,与一千多杆的枪枝。还有机关枪九架。那些俘虏是要送到后方去的,于是我同谢英、张权便得了这一个轻便的差事。

我们把他们装进一辆大卡车里,不许他们动。我们时时把枪对着他们,假作瞄准,这当然是开玩笑,可是他们都惶悚的如被宰割的小羊。

那是一所广大的如监牢形的空屋子,我们就在那里下车,把这群俘虏押进里面。当我们开开那重铁门时,里面已经有着不少的俘虏了。我们把这一群新的,另外赶进一间空屋里。于是实行检查了。谢英把枪向他们指着,那些人连忙把双手高高举起。我们一共六个人,把俘虏分成六队,每人检查一队;他们很驯服,都像好学生般的,一排排站着不动。我们先搜他们的衣袋,然后再摸摸他们的腰部,结果很好,都没有武器,可是在一个二十五六岁年轻俘虏的身上,我们搜出了一封信。

我们六个人中间谁都不懂日文,这真扫兴,我们把他的信翻来覆去的看了又看。只有几个汉字如上海北四川路,我们是认得的。其余那些一钩一撇的字形,对我们真是太陌生了。

我们把俘虏安置好,……他们向来是惯于席地而坐的,这时当然也都一排排盘腿坐在砖头地上。他们看来很怕冷,人人都向有阳光的地方挤。我告诉谢英,我要去找李连长,——他是日本士官学校的毕业生,他一定懂得这封日本信。

"好,你请李连长,把它译出来让大家看看吧!"谢英说。

我独自到离这里约有一里路光景的官长办事处,找到了李连长。这时他正坐在一张圆桌旁,和许多长官在研究战地地图。我把信交给了他,李连长随看随在原信的空白上,译成中文;后来李连长把这封信读给在座的长官听道:

"母亲大人膝下:

儿身临疆场,才知道战事是这样失利悲惨!…岂是人

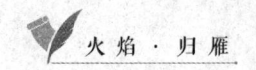

类互相杀屠,也是竞争历程所不能免吗?除了弱肉强食就没有别的出路吗?唉,儿的心绪太坏了呵!

这一次第一个感想:就是人生第一件重要的事情,实是个人的修养。

三日动员令下后,十三日到上海,受在沪同胞百般恩待;到二十夜,乃到北四川路任警备之责,翌日移防上海北区;二十二日调到江湾加入火线,和敌人苦战一天一夜,结果是惨败了。等到明天的援兵到来,仍要反攻,和儿同学的西尾太郎已经战死了。……战事何时结束尚不可知,总而言之,敌人这次的勇敢善战,和他们民众的觉悟热烈,都是在吾人意料之外。儿记起从前和俄国开战时,国人是那样的奋激,就是柔情的妇女们,也都鼓舞欢送以"祈战死"的绣旗相勉励,……而这次呢,大家的战争情绪是那样灰色凄凉,儿不解是什么缘故,大概是师出无名吧!

万一不幸,儿因战争而死,那也是没办法的事情,务请母亲宽心勿以儿为念!并恕儿赦儿,不能报恩于养儿成人的白发老母。并请告文谅儿罪勿徒悬念,生命有限但愿神佛保佑,儿切望大家亲友不要为儿着急,各自保重身体,儿前诸承照拂,无以为报,非所愿,天也!

别话多未及,惟感谢吾亲二十余年教养之恩罔极。

诏和七年二月二十三日子甚叩。"

这封哀怨悱恻的信,经李连长读完后,围着圆桌的长官们,眉目之间都有一种异样的表情。我呢,也觉得心头惘惘然。当我回到俘虏看守所时,我把这信的始末告诉了谢英他们,大家都不知不觉同情那个写信的俘虏,我们特别跑到他坐着的地方,从铁栅缝中向他细细的观察。他是一个阔腮，高鼻的青年，他不理会我们围在他旁边窃窃的私议。只是两眼凝望着天空，沉思着。

"他们中间也有好人？"这是张权的新发现，在霎那以前他的确认为日本人，只有欺诈、专横、险奸和野心一类的劣根性。他曾经这样提议过："假使我下次和敌人肉搏时，一定要划开敌人的胸膛，看看他们的心肝五脏，是不是黑的？"

"当然世界上不都是坏人，……孩子们都是纯洁无私的；只是一些自命为聪明的人，有权势的人，为了个人的私利，在那些纯洁的小心灵中，播上罪恶的种子，最后自然有了这悲惨的结果！……"我对于张权的话，发生了这种的感想。

"那么一切罪恶的结果，是不可免了，比如侵略的战争一类的事。"谢英说。

"在这时代自然是免不了。因为那些聪明的人，和有权势的人，他们的运气还没有衰竭，……换句话说，他们正在走着红运，同时平民们还没有发现自己是傻子！"我说。

"假使平民有一天觉悟了呢？"张权说。

"那我们就有好日子过了！"我说。

"那恐怕不是我们的时代了！"谢英插进一句。

"不见得吧！"我说"你看这次我们民众给我们的援助，就是他们觉悟的一个证据！"

"可是日本人也可以说他们的侵略我们，是为了他们的民众！……"谢英很机敏的反驳我的话。

"不过事实已经反驳他们这种骗人的话。"我说。昨天黄仁曾告诉我这样一段新闻：

"有一个日本在乡军人，这次也被征调加入前线作战，足部受了弹伤，他住在红十字会医院——他是一个商人，在中国很久，说得一口流利的中国话，有一天一个中国朋友见了他，他说起这次战事的感想：'我们商人在贵国营业，一向安居无事，自从战事发生后，什么买卖都停顿了；损失了不知多少？而且最痛苦的，我们还须放下算盘去拿枪杆。这一来又不知牺牲了多少性命？……政府出兵的理由是保侨，而结果呢，我们侨民就牺牲于保护之下了。这冤枉有什么可说，又向谁去说？"

"我们看了这一件事，我们就明白这不是日本民众要和我们打仗。只是军阀政客要卖弄他们的军火多，军器利，而无数的民众便作了莫明其妙的牺牲品。"

"这种没意思的战争，总有一天要被拆台的。"张权说。

"我们只希望早点拆台，枉死城里也可少去几个！"谢英说。

我们背后的大铁门又开了，铁锁哗拉的一声，打断我们的谈话。跟着进来一群新俘虏；他们面色很阴沉，当然作了俘虏还有什么耀武扬威的力量呢？照样的一个个坐在地上，有几个身上的军装都被撕破了；肩章斜在一边，头上的钢盔帽也失掉了，有几个脸上还渲染着血迹。

中午时我们发给他们一些干粮和水，有几个又伸出手来问我们再讨一些；照张权的意思是不去理会他们。我呢，觉得他们已经是赤手空拳的俘虏了。同时他们里面也有不少好人，……于是我又给了他们一些，他们非常感谢的向我鞠着躬。

屋外走进几个和我们换班的弟兄们。

"你们走罢！让我们来看这些矮东瓜吧！"一个高个子的兵豪爽的说。

"喂，他们这些东洋鬼子真迷信，"另一个广东口音的兵说。

"怎么？又有什么新鲜把戏吗？"谢英打着乡谈问。

那个广东兵从袋里掏出一张符箓似的东西，如一块椭圆形的铜牌，那张符箓上写着"南无阿弥陀佛"几个汉字。铜牌上呢，一面铸了一尊趺坐的佛像，一面刻着三行汉字，左一行是："别当常乐寺"，中间一行是："厄除北白大悲尊"，右一行是："信浓国别所"。

"这是什么意思呀？"张权问。

"什么意思吗？……就是文明的日本国民，上战场的时候，还希望神佛保佑！"

"佛！……假使有也不能让他保佑这些杀人不眨眼的魔鬼！"那高个子的兵接着说。

我们都哈哈笑了。那些俘虏们莫明其妙的望着我们，那个广东兵向他们作了一个鄙视的鬼脸；俘虏们有几个，筋涨眉耸的似乎要发作起来；正在这时，谢英把他身边的枪举起来，这一下那些野性的俘虏，便又都驯服了。

"假使我们手里没有这杆枪，我们这几个人准要被他们打成肉酱了。"谢英说。

"当然他们如果没有那些猛烈的炮弹刀枪，他们也不敢上我们的海岸了！"我说。

"武力真可怕！"张权说。

"公理更可怕！德国的失败就是证据！"我说。

"那么日本为什么要作第二德意志！"谢英说。

"日本是初生的犊儿不怕虎。"我说。

我们谈讲着已到后方的营帐里。前线断续的炮火声从寒风里送来！

十二

清晨，我们又被一辆卡车载到火线了。雨不住的飞洒着，我们的车上没有油布，于是把箬帽从背上拉到头顶来，雨滴从箬帽的四

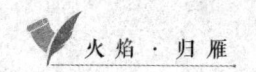

围流下来，整个的卡车里都是水。北风吹得起劲，我们只好挤在一堆，似乎可以暖和些。

到火线时，双方的攻击已经暂时停止了。我们很从容的换防。昨天敌人又用极猛烈的炮攻，所以壕沟有几处被击陷落。我们拿了铲子，从事修理的工作。救护车也开到了，受伤的人都被装到车里，开回上海伤兵医院去。

黄仁也在我们的战壕里，他似乎已很疲倦，脸上满是灰土，眼眶有些发紫。

"昨天这里的战事怎样？排长！"谢英向他探讯。

"昨天整整炮战了一天，敌人至少总发了一千多响吧！"黄仁说。

"我们损失了多少？"我问。

"伤了二十几个，死了十个左右吧！……可是敌人的飞机到处抛掷炸弹，万安桥一带的房屋，因中硫磺弹都焚烧了。火焰有几丈高，……江湾车站附近的庙宇民房，也烧了许多。……总之这次打仗，民间的损失实比军队大得多呢！"

"而且他们专门和平民过不去。"一个湖南兵插言说："昨天我见到同乡郑统一君从日本便衣队总部逃回来。他说日军司令部里拘捕了许多安善的良民，诬赖他们是便衣队，把他们一个个的衣服脱光，实行检查。遇到有银钱一类的东西，那检查的人便悄之的放在自己的私囊里。然后使这些人一起跪在地下，用弹柄或马鞭不问原由，挨着次序捶击一顿。——算是他们的下马威。打过之后，一个书记一类的人，拿着一个小本子和自来水笔，一个个的问口供。稍有含糊的立刻押出去，只听远远砰的一声，这个人的生命便结束了。老郑他幸喜认得一个日本医生，求到他的保释才算放了出来。

当他出来之前，他看见一个穿西装的青年学生，不肯承认是便衣队，被那一个日本兵当脸一刀，一直划到小腹，鲜红的热血和肠子都流了出来，伏在地上惨凄的哀号了许久才死去。这些死尸，都被装在麻袋里，运到黄浦江抛弃完事！"

"这种残忍无人道的东洋鬼子，真是魔鬼的化身！"一个正在擦着来福枪的广东兵说。

"所以我们为了人道，也要把他们歼灭！"谢英说。

这的确是坚定我们这次抗敌意志的原因。日本人在我们脑子中所刻镂的印象，只有小气、奸险、恶毒、残暴种种的劣点呵！

轧轧的飞机声，又在我们的头顶盘旋了。但不久便飞向大场那面去。下午时前线哨兵忽带来了一个乡民，手里拿着一只白纸糊成的盆形东西，据说早晨有一架敌人的飞机，在大场附近放下了一百多个这种的汽盆。里面藏有一种药物，到了地上时，立刻就炸发起来，变成一股浓烟，……

自从这个消息传出来以后，我们都有些担心。前几天就有一种谣传说：敌人打算要用化学攻击，说不定毒瓦斯也要试用。这种毒气，如果吸到肺里，肺便立刻要烂的，而且死起来是非常痛苦的。

这真是一种可怕的暗示，我们时时想用鼻子试验，但又不敢深呼吸；假使真有毒气，那就完了。我们的营长也顾虑到这一点，晚上我们每人都得了一个面罩，谢英把那只露着眼睛的面罩套在脸上，没有经过多久他便拿下来了。

"真闷气！……只有少量的空气吸完以后，便得将那吐出来的热气再吸进去了！"他说。

我们对于这件事都有些忧愁，但希望这仅是一种谣传吧！

敌人又开始对我们的阵地开炮了。

"他们的步骤永远是定了的，总要把炮口轰到发热的程度，那末再慢慢的冲锋。"谢英愤恨的说。

那三个守机关枪的兵，正在掷骰子，第一个对谢英笑道：

"尽他去唱大鼓吧！"

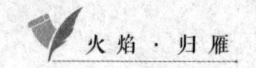

他一面又抓起骰子掷下去,一面伸出头去看看道:

"卑咧!"

于是第二个兵接过骰子去掷了:"喂,一付不同!"他叫着。轮到第三个兵了,他一面掷一面叫道:"来个分相!"第一个兵又拿起骰子正要掷时,他忽抬头一看道:"喂,来了!"于是放下骰子,猛烈的摇着机关枪,不久那来冲锋的六十几个敌人死了一半,逃回去一半。在机关枪声停止时,他们三个喝彩道:"吓!好一副分相!"这使得我们也不禁哈哈大笑起来。

正午时我们奉命,绕道到持志大学后面去包抄敌人,这时我们的炮队正猛烈的轰击持志大学正面的敌军部队,我们的大队跟着炮火的掩护猛勇的冲过去,双方正在扭作一团,厮杀时我们由后面一拥而上,把敌人困在核心,敌人失色张皇的左冲右突,始终打不出去。我们的刺刀不停歇的染着残暴敌人的鲜血,一阵阵的血腥的气味,使我们的喉咙发痒,喊杀和嗥吼的惨厉声浪,撼动了大地。这样继续了五小时,所有的敌兵都变成尸体了。我们呢,头脑像要爆裂了。眼里冒出血来,心脏急速的跳着,直到我们睡到战壕里的稻草堆中时,我们的神志才渐渐恢复。

伙夫送来了饭菜,我们正饥饿到扎紧裤带都没有用的程度;所以疲倦早都忘了。我们狼吞虎咽,把那大锅的粉条烧白菜,和饭满满的装进胃囊。这使我们稍稍的高兴,同时谢英又送了我两支香烟,我慢慢的吸着,看那缭绕于空中的烟缕,似乎什么都满意了。可是今晚轮到我巡哨,我肩着枪在江湾路上来回的走着。忽见倒塌的房屋后面,接近敌人阵线的地方,有一间小小的茅草房,时而闪着一阵亮光,这当然使我怀疑。难道这里面还有什么人住着吗?也许是敌人间谍,躲在那里侦察我们的行动吧!?这事无论如何,我必须去看个明白,于是我顺着那时亮时暗的房屋方向走去。一路上看见许多被烧死的残尸,一个个深陷的坑沟。空中充满着焦臭的气味。——当然这地方一直烧了两天两夜，便是那些高大的白杨树，也都烧剩了一些光木干，偃卧在血水流过的地上。至于那些坟地呢，高如小丘的坟头，也都被铲平了。有些棺材也都被炮弹辟碎了。死了很久的枯骨，也再受一次炮火的苦刑。我经过了一条坑陷不平的马路，前面有一个小小的石桥，——这桥还完整，我走过桥，便找到那间房屋了。我不敢就进去，悄悄的蛇行到那小屋的门旁，只听见一个人在喘息的声音。我放胆进去，吓，在一盏豆油灯的光影下，我看见有几个死尸倒在血泊里。细看时正是三个全体赤裸的女人，血肉模糊的被压在三个穿黄色制服的敌人身下。这是一副活秘剧，然而是那样令人可怕。一个敌人的头，只剩了一半，其余的两个肢体也都被炸毁了。在离那堆死尸约一丈的墙角里，倒着一个尚在呻吟的妇人。她满身都染着血，一只右手用白布包扎着，血液浸透了所包扎的白布，身体不住的颤抖。

"这到底是怎么一件事呀？"我向那脸色苍白的妇人说，那妇人一双无神的眼，睁得很大的盯视着我。

"你是十九路军吗？"她用着微弱的声音问我。

"是的……这个时候你们怎么还不逃开！"

"唉，我们何尝没有逃开，但是在路上被这几个禽兽兵截住了，他把男的都杀了，而把我们掳到这里来！"

"那末是谁把他们炸死的？"我说。

"唉，天叫他们着了迷，把手榴弹放在身旁；我便捡起一把切菜刀丢了过去——当他们正在寻开心的时候，偏巧，打在手榴弹上，轰的一声我也就吓昏了，当我醒转来时，他们便成了这副模样，而我的手指也被炸去了四个。"那妇人兴奋的说。

"你对付得很好，只是可怜了那几个女人！"我说。

"归根是一样的，他们不会好好的放她们活着回去！"妇人悲愤的说。

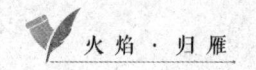

"但是这里仍然很危险，你快想法子逃吧！"我说。

"可是在这深更半夜我往那里逃呢？"她流泪了。

"不然，你就先到我们的防线里去躲一夜，明天救护车来时你便可出险了。"我说。

那妇人的身影在黑暗中渐渐的消逝了。

当我回到防线时，夜是那样凄凉。风从黄浦江撩过，冲击得海波发出一阵刷刷的声音。大地上伏着一团一堆的黑东西，还有一两个垂死的敌人，在远处送来断续的呻吟声。嘶哑的痛楚的哀号，使我好像到了荒凉的刑场旁，——正期待着执行吏的绞杀。

我用力握住枪杆，好像有了这种武器，我茫漠的生命便有了凭藉。但同时我也就联想到不知那一天，我的生命也正因了这种武器而毁灭。

走近战壕时，微微听见同志们鼾呼的声音，这些可怜的疲劳人，他们这时都走进梦境了。在不断攻击的战场上，很难得有这样平静的夜。更难得有什么平静的梦。平静诚然是我们所渴望的，但在这靠不住的霎那间的平静，却只有使我们的心更沉入困苦。在前线炮火的扎挣下，我们可以忘了一切。而平静时呢，我们的心便被一种可怕的小虫紧咬着。——这时我们渴望和平的生活着。我们急切的追逐那各式各样的幻想。这是造物主特予我们人类的权利。只要我们从猛兽的漩涡中扎挣出来时，便不知不觉有了这种企求。但是为了人与人互相残杀的事实继续着；这种企求只是增加苦痛而已。因为我们所追逐的幻想，只要敌人一声炮弹，便立刻消灭了。这时候我们只有运用我们的四肢，极力的活动着，从毁灭中找出路。也许就是从毁灭中找归宿。唉，生的希望，有时似完整，有时似破碎的，在不断的向我这时的心灵攻击，使我对于多罪恶的世界发生咒诅声。我这时有一种愿望，假使这世界终有光明的一天，那末我们应当不再继续演那人杀人的惨剧。不然我们应当把整个的世界毁灭。一些空洞的希望，骗人的幸福，都应当宣告死刑，使一代一代的人们，都在战争中扎挣，这是可耻的呀！

可是刘斌曾经说过这样一段话："战争是起于人类自私心的扩大，而且私心又是维持人类生趣的唯一条件。假使人类没有自私心，没有占有欲，结果就要变成以今生为糟粕的和尚了。……因此战争是无论那一天，都免不掉的。……"这话如果是真理，那么我们只有绝望的等待最后的大毁灭了！

然而我以为刘斌的话尽管对，可仍然是片面的真理。至少这真理只能适用于蛮性还存在的人类，而不是我们理想中的文明人的举动。……

这种思想使我困扰。我的枪从肩上滑下来时，我的思想完全从虚幻中惊醒了，我连忙肩起枪来往的巡行着。

时光在不知不觉中过去了。敌人所最高兴的拂晓战，在第一声鸡叫时，就将开始了。因为我已经听见敌人阵线上，有隆隆的车声，不知他们正在集中些什么东西。

接防的兵，已向我这里来了！我便回到地穴里，寻了一杯热开水喝下去。谢英给了我两块干面包，还有半罐什锦酱菜。这对于我很够了。我坐在角落里吃着。凌晨的冷风，吹进一股沙土来，打在谢英的脸上，这好像是不祥的预兆，谢英用衣袖擦那飞进眼里的沙子。我们互相的沉默的看着。

十三

敌人从拂晓时开始用大炮向我们的阵线猛烈的袭击。但始终不见他们来冲锋。从清晨到现在，只见无数的炮弹从冷风中送来。嘘嘘砰隆的巨响，把地面炸成如蜂窝般的坑陷。有时也落在我们的壕沟旁。四飞的弹片，打伤了一个机关枪兵的左臂，和打死了两个抬伤床的工兵。但我们个个的脑子闷，都被大炮的巨响，震得发昏。我们蜷伏在战壕的隐蔽物下，沉闷的吸着香烟。过了大约两个钟头，敌人的攻击停止了，前线徒然寂静起来。

"大约他们的救兵还不曾调来吧！"我揣测着说。

"救兵，救兵，每天不断的开来，但是有什么用处？他们只要一想到政府利用他们作侵略的工具时，便连忙往后转了。"一个班长愤慨的说。

"这些问题谈他作什么？……无论如何，战争还是要继续下去，死神时时跟着我们后面追来。"谢英悲愁的说。他今天真是特别不高兴，脸色是那样青白，眼皮发黑，这使我们每个人的心中都感到不安的情绪。我们不再出声的呆坐着，而前线又是死一般的沉寂，远远听得见失了家的黄犬在狂吠。

将近黄昏时，前线又有了响动了。敌人的炮火又连珠般轰起来，跟着炮火烟焰的掩护下，一小队的敌人出现于战场上了。我们在沙垒的隐蔽处，向前进的敌人准瞄击射。敌人如风摧残苇般倒下去。跟着我们的机关枪开始扫射，嗒嗒嗒的繁密声里，又打倒了不少的敌人。这小队始终没有冲过来，便被我们解决了。但第二批又跟着来了，这一次约莫有五六百人，他们用手提机关枪队和手榴弹队作先锋，我们依然躲在战壕里，不住的把手榴弹掷出去。同时左右壕沟的机关枪队，也辅助我们猛烈扫射。但敌人渐渐的来近了，我们的大刀队，第一组的三十个人，都赤着膊，挺着胸，如飞的从战壕里冲了出来，就往敌人的阵线猛击。但因为他们身上毫无遮蔽，很容易被手提机关枪弹所伤。霎那间这三十个人却倒了二十九个，只有一个退了回来。于是第二队的五十人补充上来。——他们这次因为避免枪弹的射击，使每人手持大刀卧在地上。如飞的滚进敌人的阵地，陡然的跳了起来，挥着光闪闪的大刀，左砍右切。红光飞动中,只见一颗颗的人头落地。两方杀得正厉害的时候,敌人又来了一队主力军,围着五辆坦克车,从我们的左翼冲过来。忽然轰隆砰拍一声,好似火山崩裂,使得大地都撼震了。敌人的坦克车不知为何都倒了、破碎了。敌人正在仓遑想退,我们趁机追杀上去。抢了不少的枪枝子弹回到原防。沿路倒着许多断头缺颈的敌人死尸,我们的人也有不少,都设法抬了回来。当我们坐在壕沟里休息时,一个正在擦铲子上血迹的工兵说:"今天亏了那些香烟罐子,折了敌人的锐气!"

"那里有什么香烟罐子?"谢英问。

"就是那些炸毁敌人铁甲车的地雷呀!"

"怎么我们的地雷全是香烟罐子呢?"张权插进去问。

"咳!你想我们这里一切的东西都缺乏,一时那里去备办这些地雷?所以我们的参谋长,便叫我们找了一千多只香烟罐,装上火药,埋在那重要的地方,……这便是我们的地雷了。"他说。

"这件事,我先也约略听见刘斌说过,但我们不相信这种地雷会真发生效力!现在居然奏了奇功,真是幸运!"我说。

这件事使我们都稍稍的高兴。

夜晚时,天上已挂出一轮圆盆似的明月,但天上的云朵很厚,不时把皎洁的光华遮掩住,一阵亮一阵暗。我们这时在竹园墩阵地的战壕里正分吃冠生园的什锦糖,听着那不断的枪炮声。

张权说:"你们听敌人的炮声枪声,继续着一两点钟的放下去。可是他们是那样怕死,埋头埋脑无'标的'的射着。真替他们可惜子弹!……怕他们的子弹会有不告缺乏的危险?!可是他们的危险就是我们的安全……老谢,我们的炮弹不是已经快放完了吗?须在六小时以后,才有得补充,那末我们趁这个时候到敌人那里借几杆六五枪,及一两挺轻机关枪来,做纪念也好。只要有四五个人就行了,……老谢,我们去同连长说声好不?"

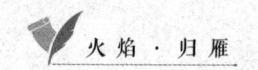

"好，这是个好办法，要不然敌人若趁机会冲过来，我们子弹已完，那可真危险……连长来了，我们就和他说吧！"老谢说。

这时秦连长果然从外面进来，于是谢英把我们的计划告诉他。他想了想道："可以赞成，但是除了你们俩之外还有那个去？"

谢英回头向我道："老陈，你怎么样？"

"当然可以去。"我说。

于是我们决定了，由秦连长带着谢英、张权、我四个人一同去，我们每人一枝驳壳枪，备一百粒子弹，六个手榴弹，一把大刀，装束停当；便在九点钟的时候，在左翼的出击线口集合。秦连长对我们说："我探知左翼出击口右前方，有敌人一小队，防守他们的阵地。同时配了两挺轻机关枪，兵力很单薄。又因地形处于我们的交叉射击线下，为减少我们牺牲计，为阵地支撑点的安全计，我们选择敌人的弱点——就是他们的胆小怕死，和他们失却飞机助战的可能，……我们今夜去袭击他们。至于前进的姿式，用散开的匍匐形，以免打草惊蛇，而求一网打尽的大效果。还有武器使用法，驳壳枪上子弹一排，兼上筒，关保险机，挂在腰的右边稍前倾些，口里衔驳壳弹一排，等枪筒扫射完时，便继续用口里的那一排。手榴弹除了左右手各拿一枚外，脖子上挂四枚，背上负大刀。……"

一切都安置好了，我们又把这些计划向大家宣布，使哨兵将这消息一处一处的传达；并请邻近的指挥官等到我们的手榴弹掷到第二个时，便指挥所属的士兵，用猛烈的炮火向敌人阵地射击，又规定几个代名辞的记号，必要时就变更匍匐形为跃进式。

攻击的时间到了，秦连长率领了我们鱼贯的出了掩蔽部。再出了击线口，散开匍匐前进着。秦连长为热血所鼓荡，忘了生死的问题，只以扑灭敌人为志。所以不耐烦慢慢的匍匐前进了，把规定跃进的符号表示于我们。我们也都领会了，个个争先恐后的冲到敌人的战壕前。敌人发觉了，立刻放枪射击。我们也不怠慢，就把右手里紧握着北门式的手榴弹还敬了敌人。

轰轰的响了几声，谢英左右手的手榴弹都一齐掷了出去。跟着又轰轰的响了几声，张权的手榴弹也扔出去了。秦连长和我的手榴弹，也都预备好，觑准那守机关枪的敌人掷了过去。打个正着，两个守机关枪的敌人倒了下去了。其余的敌人，也都在挣扎着。我们这时先伸右手，把悬挂在腰间的驳壳枪拿起，开了保险机，瞄准的射击。一排子弹放完了，把口里衔着的那一排子弹，顺势又装上了。我们用跳栏的姿式，一蹭就越过敌人的铁丝网了。谢英他把第二排驳壳弹，最先瞄准的又放了。他不再装子弹了，把驳壳枪挂在右脚边，一反右手，就抽出他那光闪闪的大刀来，飞舞着向敌人的头脸砍去。一个正在要跑的敌人，被他一刀从脑壳一直劈到肚脐，血花四溅，肠肚齐流。这使我们都像是发了狂。一齐抢转大板刀，把敌人砍成七零八落的。最后只剩了谢英，还同一个敌人在互相格斗。谢英个子太小了，而他所碰到的敌人，又是一个凶悍的家伙。因此他几乎吃了亏，幸好张权从斜刺里给了那凶家伙一刀，才解了谢英的围。我们回头看秦连长，正同一个敌人扭作一团在搏击。我便窜了过去，对准敌人的腰眼给他一刀，他轧手轧脚的倒下了。这一队的人被我们收拾尽了。可是他们援兵还没来，这自然要佩服秦连长的安派，他在没有出发之前，已经通知我们在主要阵地的部队，一听到掷了第二颗手榴弹，就以猛烈的炮火向敌人压迫；敌人以为我们全线出击，所以不敢出来援救。

我们得了不少的子弹，还有六五步枪八杆，轻机关枪一挺，我们砍毁敌人的钢丝网，托着轻机关枪和六五步枪，从从容容的回来了。那时天上的月光，更觉清碧，堆积的云朵，也被北风吹散了。

谢英昨夜左手负了伤，他说大约是和那个凶悍的敌人的刺刀接了吻呢，但他不愿被人知道，所以悄悄的用橡皮膏贴了。敌人拂晓的时候，又向我们开始攻击；将近我们的突出部时，秦连长和张权

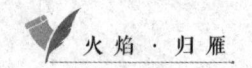

还有三四个列兵，正一齐跃出战壕，一心想生擒那几个敌人。忽然一个炮弹掉在他们的面前爆炸了；一股黑烟冲起，而他们五个人都被打成粉碎了。张权的一只手臂飞到我们的壕沟边，赤红的血滴还在淌着。谢英想把这残肢用土掩埋了，他刚露出头部，一个子弹飞过来从左边的面颊进去，而从右耳根穿出来，便昏倒了。我们把他抬到战壕里，用药棉和绷带替他裹好，但他一直昏迷着。直到救护车来时，才把他运往后方去医治。

前线的炮火依然在猛烈的攻击。我们都紧张的期待着。黄仁听见张权阵亡和谢英受重伤，更愤慨得几乎发狂，他咬紧牙关，拚命的向敌人放枪。敌人的大队冲过来，我们也急速的窜出壕沟，杀上前去。我们年轻的营副，在前面奋勇的指挥着。忽然一个敌兵的刺刀，戳伤他的肚腹。大肠流露了出来，血水如喷泉般的涌着。而他不顾一切，仍奋勇的挥刀冲杀，这使敌人不知不觉想往后退。而我们的营副，一面杀敌，一面把大肠收进肚腔里，用九龙带束住伤口，大声喊杀，一跳跳到敌人的壕沟前，敌人更吓得手脚失措，而我们见了营副这种勇敢精神，个个都愿和敌人相拚，因此敌人只好退到第二道防线去了。

我们的营副被军医强拽进救护车，运送后方医院去。我们围在病车前看他，他大睁着一双含愤火的眼，要想从车上挣脱；军医们拚命的抱住他，连忙开车走了，我们还隐约听见他喊"杀"！的声音。

今天我们的情形很坏。伤了营副和小班长。……虽然打了胜仗，而毁灭和死亡仍不断的袭来。尤其使我伤心的，谢英和张权、刘斌都不在这里，张权就连死尸都找不到了，谢英呢，伤势看来不轻，刘斌还不曾回前线来，唉，我现在是多么孤零呀！

今午这里没有战事，听说敌人又集中全力攻打闸北，轰隆轰隆的炮声，从早晨响到现在，差不多没有停止过。

我沉闷的蜷伏在战壕里,忽然看见地上有一张报纸,是今早救护队带来的,这使我稍稍安慰些,我差不多上火线以来这还是第一次看报。

忽然看到一个标题写着《爱国车夫胡阿毛》下文记载着:

"胡阿毛年四十一岁,是上海本地人,在南市救火会开车,某天到虹口看朋友,被日兵截住;搜察他的身上,有一张开车执照,知道他会开车,就把他押到司令部。后来有子弹军火一卡车,迫令阿毛开到公大纱厂,日兵驻扎的地方。有四个日兵押车,阿毛假意答应,登车拨动机关,如飞的驶去。将要到目的地时,忽然转换方向,直冲进黄浦江去。但见浪花四溅,胡阿毛和四个日本兵、一卡车军火便都沉溺江心了!"

这一段消息不一时便传遍了前线,无形之中,使人人增加了爱国的热忱,战壕里充满了活跃的空气。

我惦记着谢英和营副的伤,便和连长请了假,到后方医院去看看他们。正巧有一辆车要开往后方去,我便随着去了。他们俩都在第一伤兵医院里。

我到了那里,向看护妇问明谢英和陆营副的所在,那看护妇,向我看了一眼道:"陆营副今早已经完了!"

"到底是死了呀!"我黯然的说:"那末去看谢英吧。"

她点了点头把我带到谢英所住的地方。他睡在一张行军床上,脸上裹着绷带,我走近握住他的手道:

"老谢,觉得怎么样?"

他摇了摇头没有说什么。

"哦!他的伤很重,不但面颊上受了子弹伤,而且他的腰部也

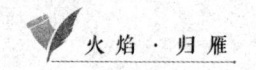

受了很重的弹片伤。……所以你不要多同他说话，使他劳神！"那领我进来的看护妇向我说。

"是的。"我恭敬的应了声，她含笑的走了。谢英一双无力的眼直向我望着。他的脸色非常可怕，枯黄灰黯，手不住的发抖颤，看那样他是不能再和死神强挣扎了。

我沉默的坐在他床前，紧握着他抖颤的手。不久他的手渐渐的冷起来了，我连忙捺电铃，看护妇走来了。

我焦急的说："女士，他怕不行了！"

看护妇从容的伸手把了他的脉搏，她摇了摇头，后来又用听筒听了他的心房，向我叹口气道：

"已经完了！"

我慢慢站起来，我的眼泪不禁的滴了下来。当看护妇把盖在他身上的被单，拉上来遮住他的面孔。我愤怒悲伤的跑出医院；回到前线时，我全身在发冷："天呵！你所赐予人类的一切都请收回吧！"我这样的咒诅着，便倒在地上了。

当我醒来时，敌人的炮火又在轰隆轰隆的攻击着。

十四

我被调到后方来了，这里很热闹，新来了一批学生军，他们都很年轻、精明，同时也是热烈兴奋。他们之中有一些穿着短裙，态度洒脱的女学生，被编为后方救护队。这时正要整队出发了。我同一个十三连的列兵，站在办公室门口值班，不久她们从办公室里，拿着药布绷带一类的东西出来了；一个一个从我们面前安详的走过。在她们俊美的面孔上，漾溢着果敢与诚挚的表情。她们的身影已去得很远了，而我的心灵里忽发生一种强烈的欣喜与渴望。

"唉！"我不由得叹了一口气，在战地里被恐怖毁灭而压迫成为麻木的灵魂，这时又从新跃动了。这些无邪的女孩，她们正像漫漫深井里，独有的几朵白玫瑰，使人多么兴奋呵，当然我会联想到我的未婚妻。

我背着枪在办公室门口，怔怔的站着。我的一双眼看着前面的茅屋时，忽有一种印象冲上我的心来：

正是落着雪，恰像今天的天气。我骑了一匹白马到张村我的姑母家里去。正走到一座木桥上时，那雪片越下越紧，前面小山上的红梅，都被雪遮住。只偶尔露出一星星红色的花蕊来。四境十分静寂，只有马蹄踏在雪上，发出沙沙的细响。而冷风吹过一阵阵寒梅的幽香，使我竟忘记前进了。在桥上不知停了多久，才被一阵狗吠声惊醒了沉醉的心灵。这才放开马蹄，慢慢的穿过一带梅井，便到了姑母的家门口。我叩了两下门上的铁环，一个十四五岁的女孩儿出来开门了。但那女孩，见了我时，面颊上立刻涌起一朵红云来，连忙掉头跑了。跟着我的姑母，便出来迎接我，留我在她家吃过晚饭，才叫种田的长工送我回去。当我到家时，我便问妈妈，为什么姑母家的表妹，看见我便躲了起来。妈妈只是微笑着不响。

"怎么的呀？妈妈！"我问。

"傻小子，她和你定了婚，自然不好意思见你了！"母亲说。

"哦！"我好像明白似的哦了一声，可是我觉得未婚妻躲得很有趣，羞答答的样子更可爱，因此我故意常常出其不意的到姑母家里去。

这是多么甜美的回忆呀，我发痴的回味着。远远轰隆的炮声，陡然由一股北风里带来了。我不禁睁大了眼，四面看了看，我便又成为这里所独有的我了。所有的回忆，也都破碎了。肩着枪在门口来回的走着。

代替我的人来了，我便回到帐棚里去。刚才有几个民众代表，

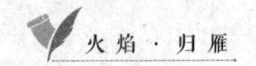

运了一大卡车食品来慰劳我们。有牛肉有新鲜面包有糖还有烟,这使我们都很高兴,每人领了一份,尽量的吃饱,这是前线所没有的好运气。

下午我有了一些自由的时间。当然我也很需要睡觉,可是我躺下去,打了好几个转身,还是睡不着。后来我便爬起来,找了一张包面包的白纸,和一支铅笔,开始写信给我的母亲:

"亲爱的妈妈:前二十多天收到来信,我正想照您的意思请假回去,看看我几年没有见面的妈妈。谁知道不巧,日本人竟在那时候要占据我们的闸北,因此便开火了。我们的军队就在江湾闸北吴淞一带的防地和敌人打,现在已经二十多天了。可是敌人还在大队的增兵,将来打到什么地步谁也不知道。

我们打了不少的胜仗,可是我们也死了不少的人。从前住在我们隔壁的铁匠张权阵亡了。还有我的好朋友谢英也因重伤死在伤兵医院里。但这都不算什么。我们还是很高兴,人人都愿意把最后的一滴血洒在战场上。

其实敌人并不禁打,他们非常怕死,每次冲锋时他们都喝得醉醺醺的,凭着酒胆端着枪没有准的乱放一阵。然后摇摇晃晃的冲了过来,有些被我们生擒回来。因此我们这里有'捉醉鬼'的口号。

还有一件可怜又可笑的事情,他们这次到上海来打仗,有许多人都是被骗来逛苏州的寒山寺的,那里晓得他们的军舰开进吴淞时,就听见轰隆隆的炮弹声。同时许多用盐腌过的日兵死尸,又一麻袋一麻袋往停泊在江边的军舰上搬。于是把这些人吓得黄了脸。里面有一个裁缝和一个剃头匠,不愿上陆,后来被两个穿黄色制服的陆军用藤条鞭打，他们才含泪上陆。

日本军阀跟我们的军阀一样，只顾了自己的利益把民众来牺牲。这些东西真是世界和平的障碍呀！敌人中间很有不少觉悟的人，只可惜数目太少了！

还有一件好消息：就是我们在这里吃的、用的、穿的都很富足。而且昨天又发了双饷，这都是我们热心爱国的民众送来给我们的。所以我们这次人少军械缺乏，反倒能打胜仗。而且这次我们和敌人开火，是出于我们自己情愿，并不单是长官的命令。所以我们每次都打得很起劲，我们用种种方法，使敌人丧胆。有一次我们反攻，要占领日军的司令部。当时我们先锋队有一百人，把身上的衣服都浸了火油火酒，拚死冲进日军司令部去。我们打算假使占领不来的时候，就把身上点着火把司令部烧掉。当时日兵看了这些不怕死的中国人，都吓呆了。连忙退出司令部，向靶子路方面逃去。这时我们的补充队也已赶到，把司令部占领了，所有被俘虏的日兵，连忙把枪械放下，向我们脱帽行敬礼。

我们停止攻击的时候，多半在战壕里掷骰子，听留声机片消遣。有时我们也同日兵开玩笑，当他们用枪射击我们的防线时，我们都躲在战壕里，把几顶军帽放在壕上，时时在壕边的枪孔里偶尔放几枪，然后仍回身掷我们的骰子。可是敌人一听见枪声，又看见壕上的军帽，以为我们的兵正伏在壕里作战，就连忙开机关枪、步枪、迫击炮，乱哄哄的吵成一片，军帽有时被敌人枪弹打得掉在战壕里，我们就又慢慢拣起来，再放到壕上去。隔些时候，等他们不攻了，我们再放上一两枪，这一来他们又手慌脚乱的忙起来了。而我们却乐得一面听大炮，一面谈谈笑笑。

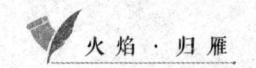

这些情形妈妈听了觉得怎样？想来妈妈也会高兴的吧！我现在很平安，也许运气好，这仗打了我还能回到妈妈跟前，那时再把军队里有趣味的事情告诉妈妈。

我的姑母和表妹也请她们放心。

就是我不幸战死了，那也是保土卫民光荣的死，妈妈应当骄傲：有了这样的一个儿子！

你的儿子宣谨禀"

我有点惊讶我自己，居然能写一封这样充满兴趣的信，心里觉得坦然了。倒在草垫上，不一时已经入了梦乡。

朦胧中我觉得有一件东西压在我的身上，使我惊醒了。睁开眼，正看见刘斌坐在旁边，用手在摇动我的身体。

"呀！你回来了。伤处全好了吗？"我问他。

"全好了！……这几天前线的情形怎么样？我们的人都安全？谢英、黄仁、张权他们怎么不见？"他像是有些担心的说着。

"前线依然是不断的攻击反攻……。可是张权、谢英被死神捉了去，……其余还死了陆营副，至于那些不知姓名的同志那就数不清了！"

"唉！"刘斌气道："杀不尽的强贼，今天听说又开到两三千人。"

"这是他们的劫，而也是我们的劫，……造物主创造了人类，他自己不忍来毁灭，只叫人类互相毁灭呀！"我说。

"不错，人类最大的努力，仅仅就是想方法怎样把世界毁灭了完事。真是笨蛋！"刘斌握紧拳头悲愤的叫着。

我们互相沉默着。我递了一支香烟给他。……烟缕在我们面前织成了白色的绸，慢慢又在冷风中散去。

"你打算几时回前线？"我问刘斌。

"我恨不得立刻去,把那些不讲公理的强盗杀个干净。只是现在时候已晚了,只好等到明天!你呢?"

"我也是明天回去,我们一同走好了。后方医院里情形怎么样?有什么新闻吗?"

"唉,提到新闻,说起来真叫人忍不住要发狂,……前天医院里抬来两个受伤的乡民,一个子弹从背后打进去,打伤了肺叶,到医院不久就死了。另外一个打伤腿部,幸喜不曾伤到骨头,包扎以后,经过很好,昨天我从他床前走过,他很客气的招呼我。因此我们便谈起话来,我问他受伤的经过,他叹了一口气述说道:'我住在江湾跑马厅附近,家里有几亩薄田,已交给我的儿子去种。我在一家姓赵的地主那里充长工。昨天正在田地里采白菜,忽被敌人飞机上的炸弹打伤。……唉,日本人真够残忍的,当我们从跑马场经过的时候,看见堆了许多平民的尸首。最惨的是一些年轻的女人,全身剥得赤裸裸,有的背上有一个子弹洞,有的肚子划开了。紫红色的血凝积在地上。还有一个七八岁的小男孩,满身都是子弹洞。一件薄棉袄都被血水浸透,……这些老百姓碍着他们什么?而竟死得这样惨!'

"'惨的事情还多呢!'睡在老乡民左边床上的一个中年男人接着说。

"'怎么还有惨的?'我向他问。

"'自然啰!真他妈的,恶魔!'那中年男子愤怒的说道:'他们把许多妇女青年学生,都掳到三元宫日军司令部去。叫那些妇女把衣服脱得精光,让他们开心。有的妇女怕羞耻不肯脱时,那凶恶的日本兵,用刺刀强划开她们身上的衣服,把两乳割下来。或者眼睛挖出来。他们听着妇人鬼号似的惨叫!反倒向其他的妇女狂笑,好像看什么有趣味的把戏般。

"'还有一个我们同乡的女人,她被掳去时,怀里还抱着一个一

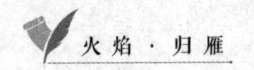

岁多的小女孩。日本兵先把孩子从她手里强夺过来。那妇人自然拚命的来抢，——孩子也是挣扎着哭着要娘。这一下惹起他们的气来了。一个日本兵把尖锐的刺刀从小孩子的肛门戳进去，把孩子举得高高的，孩子昏过去。那日本人把孩子向地下一摔，可怜小小的生命，便被结束了。那妇人看见自己的女儿这样惨死。她愤恨得向那个日本兵身上用力的冲过去。日本兵向旁一躲，那女人的头正好撞在墙上。立时脑浆流溢倒地死了。……'

"'唉，世界上都认为日本是文明国。可是他们所作的事情，比野蛮人还可怕！'

"那个中年男子述说这些事实的时候，全屋子里所睡着的病人，没有一个不怒容满面。尤其是我们的同志们，他们急望着快些好，好到前线去杀敌，替老百姓报仇。"

刘斌告诉了我这些事情，我们的脸上现着愤怒。

前线又运来一批疲乏的人。他们倦得脸上火烧般的红。眼睛也网着红丝。他们爬进帐棚，话都懒说，就倒在草垫上了。

我同刘斌去拿来了许多的食品，分给他们。差不多过了半点钟，他们才喘过气来。于是大家吃着喝着，渐渐又恢复了常态。刘斌提议打牌玩，但是谁都不赞成。他们丢下香烟头，已经打起鼾呼来。

我把寄母亲的信，给刘斌看，他笑了笑说：

"你写得很好，在这里，我们自然还有些烦闷，但和她们女人说是不漂亮的！"

我也是这样想，而且事实是不容我们躲避的，这是现代人的悲哀呵！

十五

早晨我们被载在一辆卡车里回到前线去。在那坑陷不平的道路上，还遗留着些我们自己人的残缺的死尸。几个掩埋队正在路旁挖了一个大穴。把这一些满了血污的尸体，拖进那又深又阔的穴里去。

在一棵老树干下面，有一个庞大的东西，远看正像卧在泥里的一只大灰猪。

"呵！那是一头瘟猪吧！"刘斌叫着。

"唉！一个死尸正和瘟猪没有什么分别！"站在我身后的那个湖南兵说。

"可是瘟猪到底比死尸有些用处！"我说。

"不错，在那卫生局注意不到的乡下地方，瘟猪肉却是勤俭农民的好食品。……但这是被人认为不道德的行为。……至于那些武力侵害人，而使无数活跃的青年人，都变成瘟猪一般的尸体，蜷伏在一棵秃了枝叶的光树干下面，可从来没有人说是不道德的。人生的事情多么不可解呵！"一个蓄着短须的小班长说。

我们的卡车走近了，那庞然的大东西，才被我们看清楚，原来是一个大胖子的兵士的尸体。他灰色的军衣上满涂了泥土，脸上如枯蜡般发出黄色的油光，腹部隆起像一面战鼓；不知道他是怎么死的。刘斌的意思说："这样的大胖子，最容易中风，也许他是被炮火震死的。"

"这个人不是我们的胡伙夫吗？"那个湖南兵说。

"呀！……是他，一定是他！——一个伙夫，不然怎么会这样胖呢！"刘斌的决定使我们都相信了。可是他究竟怎么死的，除了他自己却没有人知道了。

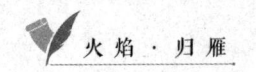

卡车走过一座桥，便到了我们的防地，我们都下车找我们自己的壕沟去。刘斌送了我一包美丽牌香烟。他说：

"回头见吧！"

"好，祝你平安！"我说。

我回到我的战壕里，发觉又少了几个人，我不愿问也不敢问。因为昨天这里曾激战了一整天，损失是想得到的事。我找到一个草垫子，坐下，沉默的吸着烟。今天这里没有战事，所以那些筋疲力尽的人们，都打着鼾呼睡着了。

刘斌的防地，离我们的只有半里地远。我便去找他。他们那里真热闹，正在开留声机片。我也围在那里听。我们正在听得出神的时候，忽然飞来一个六五枪的子弹，静悄悄的落在机旁，不曾爆炸。刘斌突然的携着手提机关枪，跳出战壕，正有五六个敌人的哨兵，悄悄的走来。刘斌扳动机关枪机，那五六个敌人便都安安静静的睡下了。他依然回到战壕里来，一面放下手提机关枪，一面和着机片上的丁甲山的调子唱着：

"你东洋做事真正莽撞，是我们同心协力打东洋，盐少将，野少将，俺十九路军闻得怒懑在心腔，惹着俺性起把战场上。掷过了手榴弹，我再开机关枪，矮东洋，小东洋，矮小的东洋难免一概要遭殃。送进了枉死城，你把望乡台来上，这也是你自作自受自遭殃！"

"好呀！"我们都喝起彩来。大家拚命的寻开心，不让这短促的生命更染上悲伤的色彩！

后来，我同刘斌到前方随营病房去看黄仁。这里今天新来了几个年轻的女看护。据说是她们自愿来投效的。有些是在战事开始后，一星期内受过训练的；有些是本来在医科大学里读书的。这些年轻的女孩子，都一律穿了白色的罩衫，臂上缠着红十字的标识，满面忠恳的在穿梭价忙着。

"请问女士,第三营第五连排长黄仁住在那一间屋里?"刘斌向一个圆形面孔的年轻女看护问。

"是上礼拜五来的吗?"她问。

"是的。"刘斌说。

"请你们随我来!"她说完便领我们到靠右手的一排房子里去。那是一间大房间,里面排排列列睡着许多受伤的同志。他见了我们,无力的对我们望着,但表示一种愉快。

"觉得怎么样,仁哥?"刘斌问。

黄仁悲凉的俯下头去:"……恐怕没有什么希望了!一只腿要锯了去,而医生说我的肺部也受了伤呢!"

我向他看看,真的,他的脸色非常的苍白,而且嘴唇有些发紫。这使我感觉到他生命的活跃,已经停滞了。死神的黑影也渐渐的笼近他。但是我不能让他就这样在失望中死去。我应当怎样的安慰他呢?我向刘斌使了一个眼色,而他只摇摇头表示对于睡在这里的朋友是没有办法了。

"我拜托你们一件事情。"黄仁喘气说。

"呀!仁哥,无论什么事情你只管告诉我们吧!"

"假使我的病好不了,请你们给我的母亲写封信,告诉她,我这一生不曾孝养她一天,就……这样死去。我是非常对她不住的。不过从来忠孝不能两全,我为了国家只得抛开母亲。……请你们设法安慰她!……还有我的妻和两岁的孩儿,……叫他们好好的靠着父亲留下来的一些田产过吧!……"两颗亮晶晶的眼泪挂在这垂死人的面颊上。

"仁哥,那里就会怎么样呢?你不要焦心,静静的养几天就慢慢的好了。……至于你所托我们的事,那不过是你的过虑,也许将来你好了,我们会把这件事当一种笑话说呢!"刘斌很机警的开导

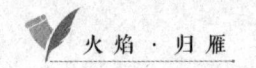

他。但有什么用呢？在黄仁的脸上，如昙花般的一现笑纹后，那死的痛苦，依然紧紧的抓住他，使他全身都痉挛起来。

一个女学生看护，端着牛奶进来了。

"喝些牛奶吧！"她和蔼的说着，同时用小匙舀了一匙牛乳，扶起黄仁的头，慢慢的喂下去，但是喂到第三小匙时，黄仁摇着头呻吟起来；那年轻而富同情心的女看护，连忙放下牛奶，问道：

"你觉得怎么样？"

"肺部痛……得很，"黄仁声音微弱的说。

"我去请医生来看看吧！"她说着匆匆去了。

黄仁的神气太不对了。

"一定完了！"刘斌低声向我说。我浑身觉得发冷，禁不住的打着抖。

"你最好应当喝点酒。"刘斌望着我的脸色说。

"我的颜色很难看吗？"

"自然。"他说。

可是我们不能不等医生来过，就抛开那和死神挣命的朋友。我只好握紧拳头，努力的支撑着自己。

一个神气活现的医生来了，他向我同刘斌打量了一眼。那是多么冷淡漠然的视线哟！我们不明白他心里怎么想！

他掀开病人的被单，解开睡衣的纽扣，病人瘦得像干柴般的胸部，豁露了出来。那医生长着黑毛的胖手，在脸部敲了一阵，又用听筒听了听，他直起身体来。从看护的手里接过那张温度升降表来，约略的望了一望出去了。

"怎么样呀？医生！"刘斌追着医生问。

"没有多大希望吧。"医生冷然的说着，已走到别的病房去了。

女看护拿来了一个小玻璃瓶。里面装着淡黄色的药水，她替黄仁在手臂上打了一针。

"女士！这是什么药针？"我向那年轻的女看护打听。

"这是强心针，他的心脏很弱呢！"她和蔼的说。

"医生说他没有多大希望了，真的吗？"刘斌问。

"现在还没有十分坏现象，……不过他的热度太高了，肺部恐怕要发炎！那就太危险了！"

黄仁似乎睡着了，我们不敢惊扰他，轻轻的走出房门，和那位女看护告辞。并托她多照顾黄仁些，她和蔼的点着头又忙别的事去了。

我们走出了医院的大门，天气是那样晴明，蔚蓝的青天，竟一片云都找不到。而且太阳的金黄色，照着那座古庙的屋顶上，发出闪烁的光华来，使我们被紧束的心灵，于霎那间解放了。

远远的立着一队学生军，手里提着铅桶和刷子一类的东西，他们正是工作回来。在他们的队伍前面，站着几个绅士和绅士太太，正在训话。——我同刘斌也站在旁边听。那训话的老妇人，据说是柯夫人，她很有学问，而且热心于慈善事业，她和几个朋友带来了一大卡车的药品、食物、慰劳前方的战士。

看上去她大约有五十岁的光景。两鬓已经花白了，面貌很慈祥，她对那些学生军诚恳的演说。我和刘斌因站得远，所以听不清她的辞句。但由她那颤抖悲惨的声音里，我们受到了感动。那些团团围着的人，都静寂的听着。有时她的声音竟像是呜咽，大家的头也慢慢低下来。

不久她们走了。学生军也散队到后方去。我和刘斌仍然在那光明的日影下徘徊着，我们揣想黄仁现在也许睡着了。不过刘斌的意思，觉得"死的可能性太多！"这不能不使我们想到替他写信的嘱托，唉！这是多么辣手的事呢，我真不知道怎样写法？我想象到读这封信的人，——一个年纪已经六十岁的老寡妇，听说自己抚养成人的儿子，连最后的诀别都没有便死去了，这是怎样的打击呢？而且旁边还站着那年轻娇好的儿妇，和天真纯洁的孙儿，这简直是可使人疯狂的打击哟！……

"老刘！这封信怎么写呢？"我说。

"你的学问比我好，你当然晓得怎么委婉措辞了！"他说。

"唉，委婉！再委婉些，他的儿子还是再不回来了呵！"

"那谁知道这些呢！这个世界的命运是排定了的呀！"

"我不管那些，还是你写了吧！……我简直为了这件事要发疯呢！"

"也许他还活着呢！"老刘沉默了一刻这样的说。于是我们约着再到医院去看黄仁。这时他正醒着，可是见了我们他只是叹气。

"你睡过后精神觉得好些吗？"我低下头问他。他只点点头，那发红的高起的颧骨，和松弛的筋肉，深陷的眼睛，都已经告诉我们：情形更坏了。

他伸出枯蜡的手，在枕头旁摸出一个金戒指来，这个东西的来历是很有趣的。正是前几天他和敌人肉搏时，从僵卧的敌人的手上取下来的，据一个俘虏对我们说，这是他们出来打仗的时候，妻子们所送给他们的纪念品。

"你把这个东西寄给我的妻。……"

我接过那戒指来，我的眼泪几乎要忍不住了。我不能说出他把这戒指寄给妻的心情是怎样的可怜，而我却能知道被战争所牺牲了丈夫的妻，是有着一样的可怜心情。

"仁哥！你现在不要睡吗？"刘斌握着他枯瘦的手说。

他并不回答，把头藏在枕头下，他哭了。

半点钟过去了，我和刘斌沉默的对坐着，我们要想问问他还有什么话说不？但是我怕使他难受，始终忍住不敢说。而他也只沉默的流着泪。忽然黄仁喉头沉重的咯了一声，头向枕旁一歪，便死了。我连忙的跑出去，抓住一个医院里的勤务兵，我发抖的叫道：

"黄排长死了！"

"死了吗？放在尸床里，搬出去埋了完事！……今天这里已经死了十二个了。"他若无其事般的述说着。

我们把那金戒指收好，饷银簿和他衣服上的符号牌子也解下来，带着回去。也许能领到一些抚恤费寄给他的妻子。……

"我们五个人已经死了三个，……不知明天又轮到那一个了？"刘斌叹息着去。

"那要看命运了……"

我们默然的在黄昏的斜照中往战壕去。

十六

断续的枪声又在开始了。据说敌军的新司令植田谦吉又在改变战略，他把战线极力拖长。这当然对我们是致命伤。因为我们连在前线和补充的兵士，总算起来不到四万人。而敌人至少有八万呢。小排长王一飞正靠着胸墙边，向敌人的哨兵瞄准。拍的一声，一个敌方的子弹，正从他耳边飞过，打在战壕后面的空地上，但不曾爆炸。这使他恨得咬牙，拚命的扳动枪机，两个敌人的哨兵应声睡倒了。

"真他妈的！"他怒叫着："这些怕死的矮脚鬼，却总死不完！"

"不管他来多少，我们除非牺牲到最后的一卒、一弹，还是要和他拚。准不能睁着眼睛，看他们占据我们的尺土寸地！"那个守机关枪的张大雄接着说。

"是的，拚了命才是我们的出路！"我黯然的想着。

驻扎在张华浜的敌人大队，这时不知又在集中些什么，隆隆的车声，不时从北风中断续的送来。猛烈的大攻击就要开始了。而我

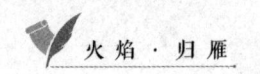

们呢？只有镇静的等候他们的发作，绝不能多浪费炮火和子弹。

夜深了，敌人疏落的枪声，也已停止。我们都蜷伏于壕沟中酣睡。忽然我的脚趾，被一件锐利的东西刺了一下。我从梦中跳了起来，细看我所穿的草鞋的带子，已经被咬断了。大脚趾上有细小的牙印和血迹。

"倒霉的畜生，竟和我开起玩笑来！"我愤怒的咒骂着。而那个有着小小尖锐眼睛的田鼠，又在地穴里伸出头来。我举起枪柄给它一下，可是它早缩进身子逃了。

我摸着袋里所余下唯一的一支香烟，燃了慢慢的吸着。战壕外，已射进一些白光来。我的夜光表正指在五点三刻。

"是时候了！"我正自猜想着。"砰隆"声大炮已从敌营那边打过来了。这一下，把所有梦中的人都唤醒了。个个背起枪弹，伏在胸墙边的沙垒后面等候着。

寂静的前线，陡然热闹起来了。大炮、机关枪、迫击炮，各种声音错杂成一种令人恐怖，以至于窒息的巨响。我们分两队迎敌，第一队在蕴藻浜的正面，第二队在沿浦江南草庵地方的小桥旁，我被调在第二队。天色才破晓，我们侦知有一大队的敌兵要想从草庵地方偷渡过来。我们的炮队开始猛烈的攻击，跟着我们的手提机关连作第一步的冲锋。以后大刀队和步兵跟着逼上来。我们激烈的杀着，拚命的绞作一团。我们都忘记了人类所独有的怜悯与同情，现在唯一的事情，就是手脚不停的在努力毁灭。只要看见黄色制服的敌人，便咬紧牙关，刺刀凶猛的刺进去拔出来，看着那鲜红直冒的血流，更加兴奋。在这个时候，虽然蓝色的天，仍然明洁的盖在每个人的头上。而人心却沉入红色的暴怒中。我们不知继续了多少时候，才把敌人的阵线冲破。我们的右翼，又包抄了敌人的后路。因此敌人没有顽抗的力量了。他们如斗困的老虎般，无力的倒下。这一路的战事便暂时有了结束。

当我们疲乏的回到战壕时，天色已成了淡灰，西方挂着一抹残霞，绯红夹杂浅紫，这种太鲜明的色彩，更衬出人世界的黯淡了。

今早战地服务团送来了许多信件，其中有一封是谢英的，一封是我的。当那位身体强硕的战地邮差，把这两封信递给我时，我禁不住全身发颤。"唉，谢英他已经没有法子看这封信。你退回去吧！"我向那邮差说。

邮差向我看了一眼，正要伸手接时，我又连忙缩了回来道："好吧！等我设法退回去吧！"

"这是什么意思！"邮差冷笑的看着我说。

"见鬼！去你的吧！"我愤怒的叫着。不管他再说什么，掉转身跑到我自己的战壕里去。我把谢英的信，放在我的包裹里，并设法使我自己镇静。我喝了一杯开水，然后将我家里寄来的信拆开，只见上面写道：

宣儿：一切的东西都准备好了，只盼你即回！听得上海发生了战事，你平安吗？我天天站在门前望你，有时我想象你就要回来了，我非常高兴，但是又怕你开到前线去，唉，愿神天保佑吧！如能早回，千万早回。

母字！

我拿了这封信，心头真不知压扎成什么样子，倚闾的白发老母，盼佳期的表妹，在这不可捉摸的命运中，谁知道是什么结果呢！

隆隆的大炮又在响了。集合令已经下来，我把信藏好，跳出了战壕，开到前线去。

一阵阵的琉璜气冲过来，跟着一个炮弹，落在我们队伍前约两丈远的地方爆炸了，我头脑觉得一晕，便倒在地上了。

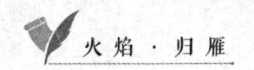

不知什么时候,我已睡到医院里来。当我睁开眼,向左右看时,忽然看见一个很熟识的面孔,向我眼前一晃,我细细的辨认着,原来正是刘斌。

"喂!老刘,现在轮到我们了!"我低声向他说。

这虽然是一句意义不很清楚的话,但刘斌他很能了解,他叹了口气,点点头道:"很好,只要国家的命运,能因此延长,民族的精神,不至毁灭;轮到我们又有什么关系呢!"

"这几天前线战事怎样了!"我问。

"不清楚!"刘斌摇摇头,脸上显出焦虑的样子来。

忽然一阵愤恨和浩叹的声息,从隔壁房间里传了过来,跟着受伤的弟兄们,有的放声痛哭,有的咬紧口唇,捏了拳头,不住的击着床沿。在杂乱声中,隐约听得出:"退了!唉,退了!我们弟兄们牺牲了一阵,结果仍然退了!"

病室里充满了愤慨,悲痛的喊哭声。有几个轻伤的弟兄,从床上挣扎起来,护士们慌忙走来拦阻,但是那一颗被热血燃烧的心,现在正燃着烘烘的火焰,这正是民族自觉的表现,有什么力量可以将它扑灭呢?

我正从一个缺了右臂的弟兄那里,接过报纸来看:——

"敌人从浏河登陆,我军后援不继,因此全线动摇,为保全实力计,只得退至第二道防线……"

忽然听见一声怪叫,跟着扑冬一声,我连忙抬头一看,原来是刘斌从床上摔下来了,他含糊不清的叫着:"唉,杀杀……"这时护士已从外面跑进来,将刘斌抱上床去,另一个护士去找了医生来。我远远看着刘斌苍白的脸色,我的心不禁跳得很厉害。

那个面目庄严的医生,同着护士来了。诊过刘斌的脉搏后,冷然的摇着头说:"完了!"他一面将手插进裤袋,就踱出了房门。我闪眼看见护士,用一块白布,向刘斌的脸上一盖,跟着几个医院的夫役进来，把那僵硬的尸体挪出房去。唉，这时，我心头感着一阵绞痛，满眼前冒着金星，不知经过多少时候，我才清醒过来。

当我睁开眼时，我已移到另外一间新房子里了。这屋子只睡着两个人，那一个缺了一只右臂的，我不知道他的姓名，他这时样子很昏迷，据说才施手术不久。而我呢，一只左腿已经被锯掉两天了。唉，我们都成了残废，以后我们不能再到前线去，我们可以回家了；我这时心里是一半苦恼，一半庆幸，我终于掉下两颗亮晶晶的泪珠来了。

一个月过去了，我已能勉强支着木拐，站起来了，医生允许我再有两个星期，便可以回家了。但是提到回家，我的心便又一阵阵紧起来，——一个残废的人，能作些什么呢？我那妙龄的表妹，她情愿同一个残废的男人过一世吗？这几天以来，我的心情简直坏透了，我除了诅咒残暴的战争外，我更想不出淹愤的方法呀！

两个星期的日子，居然过去了，我今天就要离开这六个多星期住熟的医院。医生慷慨的把那双木拐送给我，临走时，他并且对我说："勇敢的朋友，在你这一生里，你曾经有过光荣的历史，我祝福你前途快乐。好，回去吧！现在正是最美丽的春天呢！"

"是的，人类是可爱的，"——今天这个医生我觉得他太可爱了。我临出门时，心里不知不觉起了一阵凄恋之感。当医院的影子隐在我视线之外时，我才像是从一个幻境里醒来。

我背着背囊，坐在一辆黄包车上。车夫是一个三十多岁的壮年人，他一面拖着车子，一面说道："你看这都是日本人大炮轰坏的。这次要不是十九路军和他们拚命，这闸北早已变成日本地了！"

我听了车夫的话，一股热烈的血潮，不知不觉又从颓唐的心底涌起。我忘了一切的苦痛，我也不惋惜我变成残废；至少我在这世界上，是作了一件值得歌颂的牺牲。这种的牺牲，是有着伟大的光芒，永远在我心头闪着亮的呵！

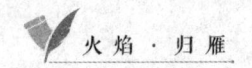

车子已到了火车站，我下了车，就奔站台去。在那里，我又遇见几个弟兄，他们是来送朋友的，不久仍要回到他们所属的部队去。他们见了我很亲切的望着我，——尤其对于我的残废使他们失掉镇静；但我匆匆的上了车，不敢对他们细看，我怕我深藏心底的怅惘，又将被他们怜悯的眼光所激动了。

车子蜿蜒的走过广大的原野，柳树已经吐着嫩绿色的新芽，桃花也已经开了一两枝，远处的山崖上，正开着二月兰，鲜艳的紫色花朵，在春天的阳光里闪烁，大地都笼罩于春的怀抱中。

再有一站就到了我的家乡了。这里已离战事区域比较远了，所以景色更美丽，青青的早稻，已布满了田畴，农夫们正抱着满腔希望，努力的耕种着。我的心里也不禁开了一朵美丽的生命花，想象母亲见了我，一定像发狂似的跑过来迎接我——但是不，她不会为了我的一只腿不见了，而悲伤吗？呵，母亲！……

陡然听见停车的汽笛响了，把我从想象的世界抓回来，我连忙把背囊拴紧，拿好了拐棍，预备下车去。我才走下车子时，我看见车站那边，有一队步兵，向这边来。他们个个是强健的，英勇的，当他们走过我身边时，我那只被锯去半截的腿，不禁在发抖了。但同时我又转了一个念头：就这样也值得感谢神明的，从此我可以安然的住在家里了。

这时我心头的火焰，渐渐的消灭了！回头遥望闸北江湾的天，是青得可爱，杀戮的恶梦，暂时从人心里觉醒，炮火的烟焰正被这冶荡的春风所吹熄，一切暂时都变为平静了。

在一所茅草房里，这时走进一个为民族争生存的英雄，他那头发花白的老母正抚弄着爱子的残废的腿，在她的笑靥上挂着两道泪痕，然而她是骄傲的呵！

（《火焰》，庐隐女士遗著，北京书局，1936年1月出版）

归雁

三月四日

  北方的天气真冷,现在虽是初春的时节,然而寒风吹到脸上,仍是尖利如割,十二点多钟,火车蜿蜒的进了前门的站台,我们从长方式的甬道里出来,看见马路两旁还有许多积雪,虽然已被黄黑色的尘土点污了,而在淡阳的光辉下,兀自闪烁着白光。屋脊上的残雪薄冰,已经被日光晒化了,一滴一滴的往下淌水。背阴的墙角下,偶尔还挂着几条冰箸,西北风抖峭的吹着。我们雇了一辆马车坐上,把车窗闭得紧紧的,立刻觉得暖过来。马展开它的铁蹄,向前途驰去,但是土道上满是泥泞,所以车轮很迟慢的转动着。街上的一切很逼真的打入我们的眼帘,——街市上车马稀少,来往的行人,多半是缩肩驼背的小贩和劳动者——那神情真和五六年前不同了,一种冷落萧条的样子,使得我很沉闷的吁了一口长气。

  马车出了城门,往南去街道更加狭窄,也很泥泞,马车的进度也越加慢了。况且这匹驾车的马,又是久经风霜的老马,一步一蹶的挣扎着,后来走过转角的地方,爽性停住不动了;我向车窗外看了看,原来前面的两个车轮,竟陷入泥坑里去了。一个瘦老的马夫,跳下车来,拚命的用鞭子打那老马,希望它把这已经沦陷的车轮,努力的拔起,这简直等于作梦,费了半天的精力,它只往上窜了一窜便立着不动了。那个小车夫也跳下车来,从后面去推动那车辆,然而沦陷得太深又加着车上的分量很重,人,箱子大约总有四五百斤吧,又怎样拔得起来呢?因此我们只得从车上下来,放在

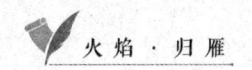

车顶上的箱子也都搬了下来，车上的分量减轻了，那马也觉得松动了，往前一挣，车轮才从泥水里拔了出来，我们重新上了车，这时我不禁吐了一口气——世途真太艰难了！

　　车子又走了许久，远远已看见一座耸立云端里的高楼，那是一座古老的祠堂，红色的墙和绿色的琉璃瓦，都现出久经风日的灰黯色来。但是那已经很能使我惊心怵目，——使我想起六年前的往事，那是我母亲带着我们兄弟姊妹住在楼的东面——我姑妈的房子相邻比的那所半洋式的房子里，每天晨光照上纱窗的时候，我们就分头去上学，夕阳射在古楼的一角时，我们又都回来了，晚上预备完功课时都不约而同齐集在母亲的房里，谈讲学校里的新闻，或者听母亲述说她年轻的时候的遭遇，呵！这时怎样的幸福呢，然而一切都如电光石火转眼就都逝灭了。这番归来的我，如失群的迷羊，如畸零的孤雁，母亲呢，早到了不可知的世界，因此哥哥妹妹也都各自一方，但是那高高的白墙和蓝色的大门，依然是那样巍立于寒风淡阳里。唉！我真不明白这短短的几年，我竟尝尽人世的难苦，我竟埋葬了我的青春，人事不太飘渺了吗？我悄悄咽着泪，车已到门前了，我下车后我的心灵更感到紧张了，我怔怔的站在门口，车夫替我敲门，不久门开了，出来一个三十多岁的男仆向我上下打量了一番，问道："您找谁？"我镇定我的心神，告诉他我的来历。他知道我是侄小姐，立刻现出十三分的殷勤，替我接过手里的提箱。正在这时候，里面又出来一个四十多岁的女仆，我看她很面熟，但一时想不起她姓什么，她似也认得我，向我脸上注视半天，她失声叫道："您不是侄小姐吗？怎么几年不见就想不起来了呢？"我点头道："太太在家吗？""在家呢！快请里边去！"她说着便引着我进了那个月洞门，远远已看见姑妈站在阶沿等我呢。我一见她老人家——两鬓上添了许多银丝，面目添了不少的皱纹，比从前衰老多了，不禁一阵心酸，想到天真是无情，永远用烦苦惨伤的鞭子，将人们驱到死的路上去。——母亲是为烦苦忧伤而逝了,唉!这残年的姑妈呵!不久也是要去的,——我的泪涮涮的流下来了!我哽咽着喊了一声"姑妈"心里更禁不着酸凄了,泪珠就如同决了口的河水滚滚的打湿了衣襟,姑妈也是红着眼圈,颤声道:"天气冷!快到屋里坐去,只怕还没有吃饭吧?"说着用那干枯的瘦手牵着我进去——屋里的火炉正熊熊的燃着,一股热气扑到脸上来,四肢都有了活跃的气,心呢,也似乎没有那么孤寒紧张了。我坐在炉旁的椅上,姑妈坐在我的对面的小床上,她用那昏花的老眼看了我许久,不禁叹道:"我的儿!我几年不见你,竟瘦了许多,本来也真难为你!那一年你母亲病重,听说你在安徽教书,你哥哥打电报给你,你虽赶回去,但是已经晚了,……你母亲的病,来得真凶,听说前前后后不到五天就完了,我们得到电报真是好像半天空打了一个霹雳,……"姑妈说到这里也撑不着哭了,我更是忍不住痛哭,我们倾泻彼此久蓄的悲泪,好久好久才止住了。姑妈打发我吃了些东西,她又忙着替我收拾屋子,我依然怔坐在炉旁,心思杂乱极了。正在这时候,忽听见院子里,许多脚步声和说话声;跟着进来了一大群的人,我仔细的一认,原来正是舅母、表嫂、表弟、表妹们,他们听说我来了,都来看我。我让他们坐下后,我看见大舅母是更苍老了,表嫂也失却青春的丰韵,那些表弟妹都长大了。唉!一切都变了,我心里忽感到一种说不出的滋味;又是怅惘,又是欣慰,他们也都细细的打量我,这时大家都是想说话,然而都想不起说那一句话,因此反倒默默无言了。

晚上姑妈请我吃饭,请他们做陪,在大家吃过几杯酒,略有些醉意的时候,才渐渐的谈起从前的许多事情来,后来他们说到我的爱人元涵的死,我的神经似乎麻木了,我不能哭,我也不能说话,只怔怔地站着,我失了魂魄,后来我的舅母抚着我的肩,一滴滴的眼泪,都滚落在我的头发上,我接受了这同情的泪,才渐渐恢复的情感。我发见我的空虚了，我仿佛小孩般的扑在舅母的怀里痛哭，后来我的表妹念雪将我扶到床上睡下，她坐在我的身旁安慰我道："姊姊！千万不要再伤心了，事情已经到了这个地步，只好扎挣点，保重你有用的身体吧——其实人世也没有永远不散的筵席，况且你对于元哥也很可以了，听说他病了一个多月，都是你看护他，他死时，也只有你在他跟前。他一定可以安慰了，——现在你应当保重自己，努力你的事业才是，岂可以把这事放在心里，倘若伤坏了身体，九泉下的元哥一定也不安的，……你这次来，我本想请你到我们那里去住，不过我们那里也比不得从前了，自从父亲去世以后——真树倒猢狲散——没有作主的人，又加着我们家里的情形太复杂，所以一切都特别凌乱，因此我也不愿请你去；你暂且就住在姑妈这里吧，好在我们相隔不远，我可时时来陪伴你，唉！说起来真够伤心了，这才几年呵！……"念雪的眼圈红了，声音带着哽咽，我将头伏在枕上也是泪如泉涌。

今夜念雪因为怕我伤心，没有回去，就住在我这里，夜午醒来，看见窗前一片月光，冷森的照在寂静的院子里，我翻来覆去的睡不着，搅得念雪也醒了，两人又谈了半夜的话，直到月光斜了，鸡声叫了，我们才又闭上疲倦的眼皮打了一个盹。

三月五日

今天天气很清明，太阳也似乎没有昨天那样黯淡，看见浅黄色的日光，射在水绿色的窗幔上，美丽极了。从窗幔的空隙间，看见一片青天，澄澈清明，没有飘浮的云，仿佛月下不波的静海，偶尔有几只飞鸟从天空飞过，好像是水上的沙鸥。我正在神驰的时候，听见壁上的自鸣钟响了十下，我知道时候不早了，赶紧翻身坐起，念雪早已打扮好了。

吃完了早点后，我就打电话通知朋友们来了，当然我是希望他们来看我，下午果然文生，萍云都来了，他们告诉我许多新消息。文生并且已替我找好了事情——在一个书局里当编辑，萍云又告诉我某中学请我教书，当时我毫不迟疑的答应了，因为我自己很明白像我这样的心情，除了忙，实在没有更好的安慰了。

文生我们已经五年不见，他还是那样有兴趣，不时说些惹人笑的滑稽话，不过他待人很周到，他一眼就看出我近来的窘状，临走时他给我留下三十块钱。但是我因此又想起元涵来了，他若不死我何至如此落魄——到处受别人的怜悯的眼光的注视呢！唉！元涵！！

文生走后，莹和秀来了，这是我幼年的好友，我们曾共同过着青春的美妙的生活，因此我们相见时所感到的也更深刻。在彼此沉默以后，莹提议逛公园，我也很愿意去看看久别的公园；到公园时，柳枝依然是秃的，冷风也依然是砭人肌骨，只有河畔的迎春，它是吐露了春的消息，青黄色的蕊儿，已经在风前摇摆弄姿了。我们沿着马路，绕了一圈，大体的样子虽还依稀可认，但是却也改变了不少，最使我触目的是那红绿交辉的十字回廊，平添了许多富丽的意味。那山上的小松树也长高了，河畔上的土墙也拆了，用铁栏杆作了河堤，我们在小茅亭里可以看见缓缓的春波，不休的向东流去，我们今天谈得高兴，一直到太阳下山了，晚霞灰淡了，我们才分途归去。

到家时舅母家的王妈正在那里等我呢，因为舅母今晚请我吃饭，我稍微歇了歇就同王妈走去了。

到了那里，表嫂们正围在炉旁谈天，见我进来都让我到堂屋坐——我来到堂屋只见桌上已摆了许多的糖果和瓜子花生。我们都坐好后，我舅母告诉表嫂说："今晚谁都不许提伤心的话，总得叫菁小姐快活快活。"念雪表妹听了这话就凑趣道："今晚我们吃完饭，

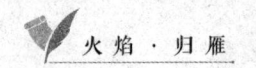

还得来四圈呢,菁姊好久没和我打牌了,一定也赞成,是不是?"我没有说什么,只笑了笑。吃饭的时候她们要我喝酒,以为叫我开开心,那里晓得酒到愁肠愁更愁?我喝了十杯上下就有点支持不住了,心幕被酒拉开了,一出出的悲剧涌上来,我的眼泪只在眼皮里乱转。但是最后我忍住了,我将咸涩的泪液悄悄的咽下去,她们看出我的神气不好,劝我去歇一歇,我趁着这个台阶忙忙的出了席,走到我表嫂屋里睡下,用被蒙住头悄悄的流泪,好久好久我竟睡着了,醒来时已经十二点了,他们打发马车送我回来。路上静寂极了!

三月六日

　　这几天的生活真不安定,亲友请吃饭,一天总有一两起,在那盛宴席上,我差不多是每日泪和酒并咽的,然而这是他们的善意,我也无法拒绝,因此整天只顾忙碌,什么事都作不了。

　　今天上午文生请我到他家里吃便饭,没有喝酒,因此我倒吃了一顿安适的饭。回家以后我告诉看门的:今天无论谁来都回绝他——只说我出去了,我打算今天下午定定心,写几封信——姑妈替我收拾的屋子幽雅极了,一间长方形的屋子,靠窗子摆了一张三尺来长的衣柜,柜面上放着两盆盛开的水仙,靠西边的墙角放着一盆淡白的梅花,一阵阵的香气不住的打入鼻孔。我静静的坐在案前,打算给南方的哥哥妹妹写信,但是提起笔,还没有写上两三句便写不下去了。心里只感到深切的怅惘,想到了我离开上海的时候,哥哥送我上火车,在那汽笛尖利的声响里,哥哥握住我的手说:"你既是心情不好,暂且到北京去散散心也好,不过你哪一天觉得厌倦的时候,你哪一天再回来,我希望你不要太自苦……保重身体努力事业……"妹妹呢,更是依恋不舍的傍着我,火车开时,我见她还用手巾拭泪呢。唉!一切的情景都逼真的在眼前,然而我们是已相去千里了。况且我又是孤身作客，寄栖在姑妈家里，虽说她老人家很痛爱我，然而这也不是结局呵！前途茫茫，我将何以自解呢？噢！天呵！

我拭着泪把几封信勉强写完，忽接到我二哥哥寄来的快信——我来京的时候他同我的二嫂嫂都在宁波，所以他们并不知道我来，不过我临走的时候曾给他们一封信。

二哥的信上说："……我接到你的信，知道你到北京去了，我很不放心，你本是个多愁善感的人，况且现在又在失意中，到北京住在舅舅家里，又是个极复杂的环境，恐怕你一定很难过。去年舅舅死后情形更坏了，至于姑妈呢，听说近来生意也不好，自然家境也就差了。你岂能再受什么委曲，所以我想你还是到宁波来吧，你若愿意请即电覆，我当寄盘缠给你，唉！自从母亲死后，我们弟兄姊妹各在一方，我每次想到就不免伤心，所以很希望你能来，我们朝夕相聚，也可以稍杀你的悲怀，你觉得怎样呢……"我接到这封信，我的心又立刻紧张起来，我明知道二哥所说的都是实情，然而我才息征尘，又得跋涉，我实在感到疲乏；可是不走呢，倘若将来发生不如意事又将奈何？我真是委曲不下，晚上我去找文生和他谈了许久，但是结果他还是劝我不走，当夜我就写了一封长信覆我二哥。

今天疲乏极了，十点钟就睡了。

三月七日

今天早起，文生打电话叫我十点钟到某书局去，——经理要和我细谈，我因怯生就请文生陪我去，他已答应九点多钟来。打完电话，表妹就来了，她说星痕下午来看我，我答应在家候他，不及多谈什么话，文生已经来了，我们一同到了书局的编辑处，遇见仰涤、玄文几个熟人，稍微应酬了几句，不久经理出来和我们相

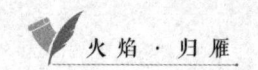

见——他坐在我的对面，态度很英爽，大约三十多岁，穿着一身靛青哗叽呢的西服，面貌很清秀，额上微微有几道皱纹，表示着很有思想的样子。他见了我，说了许多闻名久仰的客气话后，慢慢就谈到请我到书局编辑教科书的事情，并告诉我每天八点钟到局，四点钟出局的办公规约，希望我明天就去工作，我暗想在家也是白坐着，就答应他，明天可以去。

我们由书局出来，文生到东城去看朋友，我就回家了。吃完午饭姑妈邀我同去市场买东西，回来的时候已经三点多了，心想星痕一定早来了，因忙忙跑到屋里，果然星痕正独自坐在案前，翻《小说月报》呢。她见我进来抬头向我看过之后，用着慨叹的语调说道："你瘦了！"我握她的手，久久才答道："你也瘦了！"她眼圈一红低声道："本来同是天涯沦落人，你瘦我安得不瘦？"我听了这话更觉凄伤，只垂头注视地上的枯枝淡影，泪一滴一滴的泻下，星痕只紧紧握住我的手嘘了一口长气，彼此就在这沉寂中，各自心伤。

今天我们没有深谈，自然星痕她也是伤心人，她决不愿自己再用锥子去刺那尚未合口的创痕，因此只得缄默的度过这凄凉的黄昏，天快黑的时候她回去了。

三月八日

昨夜是抱着凄楚的心情安眠的，梦中走到一所花园，正是一个春天的花园，满园的红花绿草开得璨烂热闹，最惹人欣羡的是一丛白色的梨花，远远望去一片玉白，我悄悄的走到梨树下面的椅子坐下。忽见梨树背后站着一个青年男子，我心里吃了一惊，正想躲避，只见那男子叹息了一声叫道："菁妹！你竟不认识我了呵！"我听到那声音十分耳熟，想了一想正是元涵的声音，我心里不觉一惊失声叫道："你怎么来到这里？……这又是个什么地方呢？"元涵指那一丛玉梨说道："这里叫做梨园，我为了看护这惨白的玉梨来到这所园中，……""为什么别的花都不用人看护呢？"我怀疑的问道，元涵很冷淡的说道："那些都是有主名花，自然没人敢来践踏，只有这玉梨是注定悲惨飘泊的命运，所以我特来看护她。"我听了简直不明白，正想再往下问，忽见那一丛梨树，排山倒海似的倒了下来，完全都压在我的身上，我吓醒了，睁眼一看四境阴黯，只见群星淡淡的幽光闪烁于人间。唉！奇异的梦境呵，元涵这真是你所要告诉我的吗？你真不放心你的菁妹吗？天呵！这到底是怎么一件事呢！我又大半夜没睡觉了。

  天色才朦胧我就起来，今天是我第一天走入陌生的环境去工作，心情是紧张极了，我想那书局里的同事，用锋利的眼光注视我，分析我，够多么可怕呢？！所以我脚踏进公事房的时候，我禁不住心跳，我真像才出笼的一只怯鸟儿，悄悄的溜到我的公事桌前的椅上坐下，把白铜笔架上的新笔拔了下来，蘸得满满的墨汁，在一张稿纸上，写了"第一课"三个字，再应当写什么呢？一时慌乱得想不出来，只偷眼看旁边许多同事，一个个都在销磨灵魂呢，什么时候将灵魂销磨成了灰时，便是大归宿了。有时他们也偷眼瞧瞧我，从一两个惊奇的眼光中，我受了很深的刺激，只觉得他们正在讥笑我呢！似乎说，"你这么个女孩儿，也懂得编辑什么吗？"本来在我们的社会里，女人永远只是女人，除了作人的玩具似的妻，和奴隶似的管家婆以外，还配有其它的职业和地位吗？我越想越觉得他们这种含恶意的注视使我难堪，我只有硬着头皮，让他们爱怎么想就怎么想吧——我如同傻子似的坐了一上午，什么也没有写出来，吃午饭的时候就溜了，下午也懒得去，打电话去请了半天假。

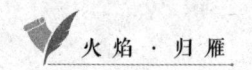

三月九日

今午到公事房去，恰好碰见仰涤了，他替我绍介了许多同事，情形比昨天好得多了，我的态度也比较自如了。

我们都一声不响的用心构思，四境清静极了，只听见笔尖写在纸上涮涮的声音，和挪动墨水瓶，开墨盒盖的声音。但是有的时候，也可以听见一种很奇特的声音，好像机器房的机器震动的声音。原来有一位三十左右的男同事，他每逢写文章写到得意的时候，他就将左腿放在右腿上面，右脚很匀齐的点着地板，于是发出这种声音来了。我看了看他那种皱眉摇腿的表情惹起我许多的幻想来，我的笔停住了，我感觉到人类的伟大，在他们的灵府里，藏着整个的宇宙呢。这宇宙里有艳凄的哀歌，有沉默深思，可以说什么都有，随他们的需要表现出来，这真是真奇迹呢；但同时我也感到人类的藐小，他们为了衣食的小问题，卖了灵魂全部的自由，变成一架肉机器，被人支配被人奴使，……唉！复杂的人间，太不可议了。

下午回家的时候，接到星痕请客的短笺，我喜极了，拆开看见上面写道：

菁姊！我今天预备一杯水酒替你洗尘，在座的都是几个想见你的朋友——那是几个不容于这世界的放浪人，想来你必不至讨厌的，希望你早来，我们可以痛快的喝他一个烂醉。

星痕

在短笺的后面，开明宴会的地点和时间，正是今日午后六点钟，我高兴极了，我觉得这两天在书局里工作，真把我拘束苦了，正想找个机会痛快痛快，星痕真知趣，她已窥到我的心曲了。

六点钟刚打我已到了馆子里，幸好星痕也来了，别的客人连影子都不见呢。星痕问我这几天的新生活，我就从头到尾的述说给她听，她瞧着这种狼狈像不禁笑了说："你也太会想了。人间就是人间，何必深思反惹苦恼！"我说："那你只好问天，为什么赋与我如是特别的脑筋吧！"星痕点了点头没有说什么。

半点钟以后客人陆续的来了，共有七个客人，除了我和星痕外都是三十以下的青年。其中有几个我虽没会面，却是早已闻名，只有一个名叫剑尘的，我曾经在一个宴会席上见过一面，经星痕替我们彼此介绍后，大家就很自然的谈论起来。我们仿佛都不懂什么叫拘束，什么叫客气，虽然是初会，但是都能很真实的说我们要说的话，所以不到半个钟头，彼此都深深认识了。只有一个名叫为仁的我不大喜欢他，——因为他是带着些政客的臭味——虽然星痕告诉我他是学政治的，似乎这是必有的现象，然而我觉得人总是人，为什么学政治，就该油腔滑调呢？

今夜我喝了不少的酒，并且我没有哭——这实在出我所意料的，我今夜觉得很高兴，饭后星痕陪我回来，她今夜住在我这里。

三月十日

今天在公事房里编了一课书，题目是《剿匪》，我自己觉得很满意。晚上回家的时候，接到剑尘给我一封信，他问我昨天醉了没有，并安慰我许多话，唉！苦酒还是自己悄悄的咽下好，因为在人面前咽苦酒是苦上加苦的呵！

晚上我给剑尘写回信，我不想多说什么，无奈提起笔来便不由自主的写了许多，其中有几句我觉得很有记下来的必要，我说"我

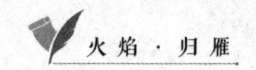

自己造成这种的运命，除了甘心生活于这种运命中有何说？！——况且世界上还有比我所处更凄楚的环境的人，因为缺限是这个世界必有的原则呵！……"

凄苦的命运是一首美丽的诗，我不愿从这首诗里逃出，而变成一篇平淡的散文呢；但是剑尘他那里知道呵！我青春的幻梦已随元哥消逝了，此后，此后呵，就是这样凄楚悲凉的过一生吧！

三月十三日

唉！这几天真颓丧，每日行尸走肉般进公事房，手里的笔虽然已写秃了，但我自己都不明白，我为什么要这样压榨自己，将一个活人变成一座肉机器，只是为了吃饭呵！太浅薄了！当我放下笔的时候，就不禁要这么想一遍，我感到彷徨了，日子是毫不回头的，一天一天逝去，而且永不回来的逝去，我就随着它的逝去而逝去，也许终此生永远是这样逝去，天！你能告诉我有什么深奥的意义吗？唉，我彷徨极了。

下午剑尘打电话来，说熙文请我到便宜坊吃饭，我真懒得去，但是熙文一定坚持要我去，他知道今天是星期六没有什么事，我没法拒绝，只好勉强去了。

熙文今天请了十位客人，都是些什么博士学士太太，那一股洋气，真有些咄咄逼人的意味，我和他们真是有点应酬不来，我只俯着窗子看楼下的客人来往，而他们在那里高谈阔论，三句里必夹上一句洋文，我越听越不耐烦，心想这才是道地的人间，那洋而且俗的气味，真可以伸人类的灵魂遭劫呢。

我一直沉默着，到吃饭的时候，我也是一声不响的拚命喝酒，我愿意快些醉死，我可以休息我的灵魂，因此我一杯一杯的不断的狂吞，约莫也喝了二十几杯，我的世界变了，房子倒了似的乱动，人的脸一个变成两个三个，天地也不住的旋转，我什么都不知道了！

不知道过了多少时候，我清醒了，睁开眼一看，那些博士学士都走了，只剩下熙文和他夫人汝玉坐在我的左边，剑尘站在我的跟前。他们见我醒来，汝玉用热手巾替我擦脸，我心里一阵凄酸，眼泪流满了衣襟，熙文道："这是怎么说呢？唉！"汝玉也怔怔的看着我叹气，剑尘跑到街上去买仁丹，我吃过仁丹之后略觉好些，汝玉扶我下楼，送我上了马车，剑尘陪我回来。

到家我吐了，吐后胸口虽是比较舒服，但是又失眠了，——今夜真好月色，冷静空明，照见窗外树影，有浓有淡，仿佛是一幅美丽的图画。月光渐渐射进屋来，正照在书案上的一角，那里摆着元哥的一张遗像，格外显得清秀超拔，但是这仅仅是一张幻影呵！我的元哥他究竟在那里呢？此生可还能再见一面？唉！天！这是怎样的一个缺憾呵！——万劫千生不可弥补的一个缺憾！唉！元哥，我的青春之梦，就随你的毁灭破碎了，我的心你也带走了！但是元哥你或者要怀疑我吧！有时我扮得自己如一朵醉人的玫瑰，我唱歌我跳舞……这些，这些，岂不都可以使你伤心吗？但是元哥这只是骗人自骗的把戏呵！盛宴散后，歌舞歇时，我依然是含着泪抚摸着刻骨的伤痕呢，唉，元哥你知道吗？聪明的灵魂！

三月十六日

今天下午我正想出去看文生，忽然见邮差站在我的门口，递给我一封信，我拆开看道：

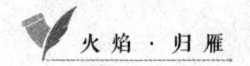

纫菁！

你既是知道你的命运是由你自己造成的，那你为什么不造一个比较更好的命运呢，为什么把自己永远沉在悲哀的海里呢？……我以为一个人，既是已经作了人，就应当时时想作人的事情，……但是你一定要问了：究竟什么是人应当作的事情呢？这自然又是很费讨论的一个问题，况且处在现在一切都无准则的年头，应当作什么事就更难说了。不过我觉得我们总当抱定一个宗旨，就是不管作什么事，都用很充分的兴趣去作，生活也应当很兴趣的去生活，如此也许要比较有意义些。

昨晚我送你回家以后，我脑子里一直深印着你那悲惨的印象，——你的脸色由红转白，由白转青，满头是汗，眼泪不住的流，站又站不着，坐又坐不稳，躺在藤椅上，真仿佛害大病的神气，我真不知怎样才好，纫菁！你太忍心的摧残自己了。

我不明白你为什么这样狂饮，借酒浇愁吗？而我不敢相信你的深愁是酒可以浇掉的，——并且你每喝酒每次总要流泪的，唉！纫菁！那么你的狂饮，是想糟踏自己吗？那犯得着吗？纫菁！我并不是捧你，以你的能力，的确很能作点有益社会国家的事，不但应当为自己谋出路，更当为一切众生谋出路。我们谈过几次话，我深知道你也并不是这样想，不过你总打不破已往的牢愁，所以我唯一的希望你，不要回顾过去的种种，而努力未来的种种，纫菁！你能允许我吗？

我看完了剑尘的信，我感激他待我的忠诚，我欣羡他有过人的魄力，但是我也发愁我自己的怯弱，唉！我将怎样措置我这不安定的心呢！

三月二十日

　　日记又放下几天不记了，原因是这几天没有心情，其实有的时候也真无事可记，你想吧！世界上那一个不是依样葫芦的生活着——吃饭睡觉跑街反正是这一套——自然我有的时候是为了懒呢。

　　自从那次在便宜坊喝醉了以后，三四天以来头痛，腰酸，公事房也三四天没去。唉！这种颓唐的心身真不知怎样了局。但是仔细的想一想又似乎用不着叹气，就这样一直到死也何尝不是大解脱呢，总之解脱就是了，管他别的呢！

　　近来不知道什么原故，我的思想紊乱极了，好像一匹没勒头的奔马，放开四只铁蹄上天入地的飞奔，坐也不是走也不是。有时感到凄凉，但也不愿去找朋友谈，有时他们来看我，我又觉得讨厌，唉！可怜的心情呵！

　　下午被剑尘邀去逛公园，我们坐在河池畔，看那护城河的碧波绿漪，我又不免叹气，剑尘很反对我这样态度。本来我有时也觉得这种多愁善感是无聊的，世界本来就是这样的——从古到今是展露着缺憾的，如果不能自骗，不能扎挣，就干脆死了也罢；如果不死呢，就应当找出头——这些理智的话，也曾在我的脑里涌现过，并且我遇见和我诉说牢愁的人，我也会这样的教训他一顿，不过到了我自己身上，那就很难说了。

　　今天剑尘很劝了我许多话，他希望我打开一切的束缚，去作一番伟大的事业，他的态度诚恳极了，我不能说没受感动，并且我也相信国家是需用人才的时候，不论破坏方面，建设方面，处处都得人才——说到我呢，虽是自己觉得很渺小，但我也没看见比我更伟大的，如果我觉得自己是伟大的，也许就立刻变成伟大了。

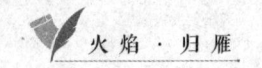

我们没有系统的谈了许多话，虽然得不到结论，然而我心里似乎痛快点了。回家时已经是沿路的电灯和天上的群星争耀了。

三月二十一日

今天我从公事房回来后，独自坐在院子里的丁香树下，树枝已经发青了，地上的枯草也长了绿芽，人间已有了春意，西方的斜辉正射在墙角上，那枯黄的爬山虎，尚缀着一两张深黄色的残叶，在斜辉中闪光。晚霞一片娇红，衬着淡蓝色的天衣，如晚汝美女。

我的心——久已凝冷的心，发出异样的呼声，自然，这只有我自己明白，……唉……我真没想到我竟是如此懦弱，我看见我胸膛中的心房在颤动，我的彷徨于这含有诱惑的春光中。

燕子已经归来，而丁香还不曾结蕊，桃枝也只有微红的蓓蕾，蛰虫依然僵伏，但温风已吹绉了一池春水。我怯弱的心池也起了波浪。

独自坐在这寂寞的庭院里，听自己的心声哀诉，这惆怅，烦恼真无法摆布，无情无绪走进卧房，披上一件银灰色的夹大衣，信步踱进公园的后门，在红桥畔，看了许久的御河碧漪，便沿着马路来到半山亭，独自倚住木栏看流霞紫气，抬头忽见紫藤架下，一双人影，那个穿黑衣服的女郎很像星痕正低着头看书呢，在星痕的左边坐着一个少年，那脸的轮廓似乎在那里见过——一时想不起来，我正对着他们出神呢，星痕已经看见我了，她含笑向我招手，我连忙下去，他们也迎了来，星痕说："你怎么一个人来了？"我笑道："本没打算逛公园，一人坐在家里闷极了，不自觉地便从后门来了——这自然是我家离公园太近的缘故。"星痕笑了笑又指着那个少年说道："你们会过吗？"我正在犹疑，只听那少年说道："见过见过，上次你请客,我们不是在一桌吃饭吗?"我听了这话陡然记起来了,原来他正是星痕的好友致一,新近我很听见人们对他俩的谈论,说是他俩的交情已经很深了,我想到这里又不禁把致一仔细打量一般,见他长颀的身材,很白净的脸皮,神气还不俗,不过很年轻,好像比星痕小很多。

我们来到御河的松林下坐着,致一去买糖果请我们吃,我就悄悄的向星痕道:"那孩子还不错,——人们的话也许不是无原因吧?"星痕听了这话,脸上立刻变了神色冷笑道:"别人怀疑我罢了,你怎么也这样说,我的心事难道你还不清楚吗?——我的心早已随飞鸿埋葬了,……"自然我也相信星痕不至于这样容易改变她的信念,不过爱情这东西有时候也真难说,并且我细察星痕的举动,有时候迷醉得不能自拔,所以我当时没有再往下说什么,我只点了点头表示我明白她的意思就完了。恰好致一买了东西回来,我们饱餐后又兜了一个圈子就回去了。

三月二十二日

这一天过得平淡极了,差不多没有什么事可记,晚上接到一个远方的朋友的信。他里头有一段话说:

纫菁!我真不明白世界为什么永远是奏着这哀音呢?呵!我真感到灰心!——昨夜我去看一个亲戚的病,那晓得他的病象已经很危险了,他的太太脸色焦黄的呆呆的站在床前,他的大女儿雅玫低头垂泪,灯光是那样渗淡的,一切都沉入恐怖与寂寞,我慢慢推开门进去,他们只是垂泪呜咽,床上的病人正在发喘,和上帝争命呢,我不

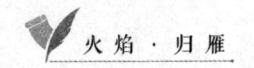

忍走开，过了半点钟那病人两眼向上一翻便去了！永远的去了！她们惨号，雅玫竟昏蹶过去，大家手忙脚乱，仿佛宇宙都颠倒了，我心头只觉发梗，后来我只得暂且离开她们，唉！你想人间每天都演着这种可怕的惨剧——我们总有一天也是逃不掉这个劫数的，唉！……

我看完这封信，我忽然生出一种奇异的感想，我觉得人生既是谁也不能逃此大限，那么在有生之年，为什么不尽量快乐呢？为什么自己压扎呢？……我从今以后应当毫无顾忌的去追求快乐才是。

三月二十七日

我病了一个星期，不知辜负了几许春光，今天早晨起来，已经看见窗前的丁香了，浅紫色的那一株已经开得很茂盛。我掀开窗幔，推开玻璃，一阵温香透过来；精神兴奋了不少，春真是宇宙的骄子！

下午剑尘来看我，在我家里吃过晚饭后，新月的清辉，已经照在地上，我们很高兴，一齐走出门口，沿着马路踱到公园去，这时桃花已经开残了，我们走过桃花林，踏着憔悴的花瓣，来到沿河的小山石旁，我们并肩坐在一块平坦的白石上，河里的月影，被暖风吹动，光荡波扬，我们的身影也倒映在水里，四境清幽温馨，我们都似乎沉醉于美的幻梦里。剑尘仰头看着繁星，说道："纫菁！……怎么样可以使天地翻一身呢？"我蓦听这话，简直不明白他的意思，我只向他怔怔的注视，他见我这样，不禁微微的笑道："你忘了你前天对我说的话吗？"我陡然想起来，——原来前天夜里剑尘米看我的病，我们曾谈到将来的命运，我曾告诉他，我愿意维持我现在的样子一直到死。他说："永远不会改变吗？"我说"要改变除非等天地翻了一个身"，当时说过我也就丢开了，不想他今天又提起这句话，我不免暗暗心惊，我是从蚕茧里扎挣出来的困蚕，难道现在还要从新作个茧把自己装在里面吗？天呵！我又走错路了！

这一晚上，我的心灵不安极了！我们从公园出来，各自分道回家，他临走时低头叹着气，我虽然没有什么表示，但是也够了，在归途上我是一直含着眼泪的，我知道我自己太浅薄，虽是经过多少磨难，然而我是强不过自然，它时时布下迷局挖下陷阱，使我沉溺，使我自困。唉！天呵！我将怎样自救呢？

到家时已经很晚了，姑妈他们都睡了，我独在院子里，不知呆立了多少时候，后来起了风，一股飞沙扑面打来，我才如梦初醒，怅然回到屋里睡了。

三月二十八日

今天下午，我被朋友邀去听讲演，听说是一个某党的领袖，演讲中国时局问题。

我们走进会场的时候，已经有不少的人在座，我忙在后排的椅子上坐了。不久就听见掌声如雷，在这热烈的掌声中，走进一个三十多岁的男人；态度十分沉着，下面的听众也都屏气无声，会场里的空气严重极了。他将中国时局分析得很清楚，一种爱国爱民的精神，使得我震惊了，我好像处惯囚牢的犯人早已却去知觉，但是经他一拨撩，我才感到我自己所处的境地，是污秽，是耻辱，唉！伟大的英雄呵！我不禁向他膜拜了！

听完讲演回来，血液一直在沸腾着。

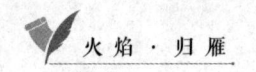

三月二十九日

的确！一个人若处在被人们真心倾服的时候，他的人格就立刻伟大了千万倍，而且同时觉得任何事都有意义了，由这一点可以认识人类的伟大处，但同时也可以明白人类究竟是太有限的。

今天忽然想到这个问题，当我站在讲堂上给学生讲授时，由不得，就想从她们的眼光中，态度上，去体验她们对我的心，结果我是失败了，她们没有什么表示，我告诉她们什么，她们照样的作了，很平淡的作了，没有惊喜，也没有怀疑，唉！我是机器，她们也是机器。

今天一直不高兴，对于人生又起了疑念。

四月一日

人类的思想比什么都复杂，并且无时无地不受外界的影响；我独坐发闷，不免又想起我上半年流落的生活来，那时我在某大学当指导员，领着五六十个少女，住在荒郊的寄宿舍里，她们都是青春的骄子，每天早晨钟声响后，在楼前的绿草路上，可以看见她们一个个打扮得如仙女般，陆续到大学校去上课。有时可以嗅到种种的粉香，在这时候，我骄傲如牧羊女儿，——这一群可爱的驯羊都在我看护之下。

她们走后，一所大洋楼只留下我一个人，开开窗子，看见荒郊上的孤坟，虽然才过清明，但也没有纸钱的灰痕，唉！那一坏黄土下，正不知埋的是谁——这样萧条可悲！

人生真是一个漂零的旅客哟！什么事业，什么功名，真不过一个梦呢，说来真够伤心！明知生死只隔一线，但有时真解脱不了，——唉！谁知我的心情呵！恐怕只有元哥——你聪明的灵魂，是已经看透我撩乱的心了！

四月三日

今天是星期日，绝早便到北海，剑尘已经在御桥畔等我了。这时候园里开遍了芍药牡丹，我们坐在柳阴下的长椅上，温风时时吹拂我们的薄衣，真是满目春光，不由得勾起我来日的怅惘，我悲悼这烂霞似的美景，转眼便成过去，也正如那已葬送青春的男女，希望之火，冰冷不只剩下被尘世所荼毒的残余——肮脏浓血之躯，还转动于人间。唉！这是多么刻苦的刑罚呢？

剑尘握了我的手，很惊疑的问道："纫菁，你今天又为什么这样不高兴呢！"我勉强咽住我凄楚的酸泪掩饰道："没有什么，"我立刻低下头。我装作看河里的游鱼，我的眼泪一滴滴流在地上。剑尘见了我这样难过，他不期然也叹着气，我们沉默了许久。最后我们便站起来，约剑尘去吃点心，吃完我就回家了。剑尘不放心一直送我到门口，唉！真罪过，为了我这个不幸的人，使剑尘无形中，受了许多苦楚，每次想起我真是对他不住呢！

四月四日

昨夜又失眠了，今天头脑暴痛，也不能出门，中午接到剑尘的信，他说：

> 菁姊！昨天你为什么那样不高兴，我几次抬头，看见你在咽泪，我心里真难过，我不知为什么，我感到悲

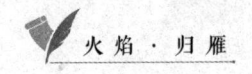

哀了！

唉！菁姊！我送你回家以后，我在回来的路上，一直怅怅的菁姊！你又为什么事伤心呢！我时时刻刻惦着你，惦着你呵！

菁姊！你的身世我是明白的，——凄苦悲凉——但是这又有什么法子呢？但那是已经摆定的局面，白白的伤感，又有何益！而且菁姊，你的身体又既然这样虚弱，若果再这样煎熬，怎能支持？唉，菁姊！我真不敢深想下去。希望你凡事看开一点，若果你不讨厌我的话，我愿将我赤子纯洁的心来爱护你，使你在寂寞的世界上，得到一点安慰，菁姊！你接受我的诚意吧！

唉！剑尘！我怎能不感激他？我譬如一只无家可归的孤雁，蒙他这样诚挚的待我，还有什么不接受的呢！但是天呵！你太恶作剧了，你既给我一个缄情葬荒丘的环境，你为什么又给我一个纯真的爱！唉，我徘徊，我苦闷，我跑到无人的郊野痛哭，我的神志完全混乱了！

四月五日

今天东风特别温暖，薄棉袄已经穿不住了，院子里的藤树也开了花，香气特别浓厚，一群一群的蝶蜂绕着花心采花粉，我站在阶前看花，轻衫被风吹起襟角，飘洒如仙，我很想骑上一匹神驹，去到没有人烟的春山上，看美丽的春之女神，她把世界装得这样漂亮，她自己不知怎样沉醉欢欣呢——我正在遐想时，忽听见壁上的钟敲了几下，已到上公事房的时候了，无可如何，只得抱起书报稿纸去上工，唉！人生好景能有几次，况且每每又为生活问题所耽搁？不能尽兴欣赏，真是"秋月春花等闲度"了！

今天心里很愁闷，晚上虽然又是好月色，但是意兴慵懒也无心赏玩，而且心里还有点怕看月光，最后，仍旧回到房里去睡了。

四月六日

星痕许久不见了，我正想去看她，下午她恰好到公事房来找我，她告诉我，今天在北海里有一个聚会，——因为今天是月望，致一和剑尘预备夜里在北海划船。

我收拾了书报，星痕和我慢慢走到北海，这一路都种着槐树和杨柳，槐花的香气，很好闻；柳梢轻轻拂在我们的肩上，真是人在画图中。

到北海的时候，更是春江浪缓，遍山开着紫色的野兰花，花畦里有木芍药，有牡丹，有月季；到处都是清香扑鼻，我走到濠濮园的时候只见致一、剑尘笑着迎了出来！我们在万绿丛中的茶座上坐下，举目一望，草绿花红，流水缓潺，在河的当中，架着一道石桥，我和星痕走到桥上站了许久，星痕说这里诗意很厚，她让我作诗，我说一时那里有诗，留着诗情回家去写吧，彼此一笑而罢！

致一从山上采了一朵野兰花，他含笑道："别看这花倒也有些香味。"星痕道："春神本来是一视同仁，她要不香蜂蝶也不光顾了。"我们正说着剑尘也来了。大家又说笑了许久，太阳已经西斜了，我们便到仿膳吃饭，我和星痕都喝了几杯酒，心里又都有些怅怅的，我们出了仿膳，就到船屋去雇了一只船——是一只白色的小划子，我们上了船，恰好陆萍也赶来了，在船上我和星痕分配他们三个的工作，剑尘把舵，致一和陆萍划船，我坐在船头，星痕坐在船尾，不久船已驰到河心，荷梗才有半尺多高，浮萍散飘在水面上，我和星痕都采了不少。天色渐渐晚了，月儿也慢慢高起来，照得水面如同泻银一般，四面静悄悄没有什么声音，我们仿佛睡在母亲的摇篮里，舒服极了，远远忽传出铁笛的声音来，那声音非常凄凉清越，星痕低低的唱着《送春归》的哀调，我们都有些伤感，真是心情萦绕着绮丽的哀愁呢！

十点多钟，我们从船上下来，游兴未阑，又约着大家，上了白塔，这时月光比以前更空明皎洁，我们从白塔上俯视古城，万家灯火仿若天上星辰，那些房屋和梳子齿儿般排列着，我们站在白塔顶上，地高风大，吹得我们夹衣如蛱蝶似的飞舞。我这时低头往地下看，忽然发生了奇想，——倘若这时我用白色的绸帕，蒙住头向下一跳，不是什么都完了吗？人类真太藐小了！想到这里又不免叹气！致一说道："时间不早了，回去吧！"但是陆萍一声不响的睡在白石上；剑尘说："回去睡吧！看回头着了凉！"陆萍仍是不理，似乎脸上还有泪痕，我们也不敢再向他看，致一和剑尘勉强把他拉起来，才一同下了白塔，各自回去了。

四月七日

昨夜玩得太高兴了。——也许心情是过分的奋发，因之今天似乎起了反应，事情是懒得作，心灵里萦绕着一种微妙的哀感，不时想到昨夜飘浮海心，对月噙泪的情景，从早晨起，一直怔怔的坐在房里，——今天又是星期，书局不办公，有了空闲的时间，免不得万种闲愁兜上心来，更觉得苦闷的时光，无法排遣了。

下午接得致一的信，那孩子真聪明，在昨夜绮丽哀凉的情景里，他了解了人间的悲哀，他的信上说："昨夜的情景太凄凉了，我看着你和星痕的一双泪影，深深的了解人间的哀愁，我虽没有你们那样的难过,但是心情也感到从来所未有的惆怅。"

我把致一的信从头到尾看了两遍以后,我莫明其妙的落下泪来,——这一个黄昏便在悄声咽泪里销磨尽了。唉!

四月八日

最近我常常感觉到我心情的消沉,不是好现象,有时候和星痕谈起,彼此都不免叹气。我们几次想变换我们的生活,但是到处都插不下脚去,不消沉又将奈何!可怜!我们谈来谈去都无结果,最后星痕说道:"纫菁!我们还是忍着吧!……你看露文跑到南方去,形式上似乎比我们热闹,其实还不是一样潦倒。……"自然星痕近来的心情,自不免过分的颓唐,在她的眼光里看过去,世界上也真没有什么事可作呢……我本来也是最不喜欢活动的人,我的脾气,倔强乖僻,和一般人周旋不来,从前在学校的时候已经对处世有所惧慑,现在到社会上来生活,更是走一步怕一步;况且现在的情形,比从前更坏更复杂,——就是作一个教员吧,也不能像从前那样安适,往往三四个月拿不到薪水,因之生活屡屡起恐慌,精神自然也就更痛苦了。

今天和朋友们谈到救国,整顿民生的问题,……在他们激昂慷慨的态度里,使我久已压熄的灵焰,又渐渐重燃起来,我恨不得立刻放弃一切,到前敌去,——我想像匹马奔驰于腥风血泊中的生活,一腔热血几乎喷了出来,但是惭愧,这又有什么用呢!?几分钟以后,一切又都缓和了。我真是怯弱无用的人呢!

下午我站在院子里,看晚霞,小翠,我的表妹,递给我一封信,正是剑尘的,我倚着葡萄架,遥对着流霞,将信拆开看了,他说:

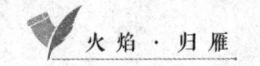

菁姊：前天晚上北海之游，真美妙极了，可是你大约又勾动了心伤吧！我一直惦着你，不知道你现在的心情如何？我希望你好好的扎挣吧！你的身体不好，最大的原因，还是心情的抑郁——昨天我听致一说你病了，我真不放心，现在好了吗？……

唉！我如痴如呆的望着半天流霞出神，手里的信已掉在地下，小翠正蹲在葡萄架下采野菜花呢，她不提防到吓了一跳，抬头望了我一眼，把信递给我道："怎样！？……这信不要了吗？"我摇了摇头，把信放在衣袋里，走回屋里，——小翠看了我这样子诧异极了，一声不响地跑到上房找姑妈——大约总是告诉姑妈什么去了。唉！聪明的小翠你知道我的心事吗？

四月九日

今天接到超西从英国寄来的一封信，他说：

纫菁吾友：我自从去国以后，生活完全变更了，心情也不同了，近来到各大图书馆念书，很感兴趣，——并且发见了几本在国内买不到的绝版中国书，真如同哥伦布发现新大陆的欢欣，所以我打算天天到图书馆去抄一份，预备将来带回来。

你近来的心情怎样？我时时念着你。有时候我独自跑到公园，坐在芭蕉树下的巨影下，常常默想国内的朋友，不知近来怎样？尤其是你那清瘦的身影，时时浮上我的心头，使我不禁叹气！………日子也真快，元哥已死了三年了，回想当年我们住在上海的时候，几个人没有一天不在一处谈笑捣乱，你还记得我们曾组织过改革社会团？成立会是在松社开的，当天兴高采烈聚餐以后，还拍了一张照片，现在这张照片还在我的书架上放着，但是像上的人，都不是从先的样子了，元哥与绍哥死了，其余的平和琦也都没有消息，唉！真是往事不堪回首呢！

　　我有时想到我们这些人，若果还像从前那样勇敢热诚，今天的国事，或者不至糟到如此地步！我想着真不免痛哭，元哥他实在是我们友人中最有才略担当的，偏偏短命而死，真叫人愤愤难平呢！

　　超西的信好像是一把神秘的钥匙，将我深锁的灵箱打开了。已往的事迹，一件一件展露在眼前，尤其使我痛心的是永远不能再见的元哥，我拿起他的遗像，我轻轻的呼唤，但是任我叫干了喉咙，从不曾听见他一声的回应。唉！我哭了，——真的两三个月以来，今天是最难过了。我紧紧握着自己的手，心也绞成一团，唉！我无力的睡倒了。

四月十一日

　　昨夜是低咽着，流了一夜的泪，今天心里觉得好闷，头目作痛，我恐怕又要病了。公事房不能去，请表弟打电话去告假，我只凄楚的躲在床上，下午星痕听见表弟说了，她不放心，立刻跑来看我，她坐在我的床沿，怔怔的看着我叹息，她也说不出话来，只是握了我的手垂泪，姑妈见了这种样子，也禁不住用衣襟拭泪，小表妹只是怔怔的望着，四围的景象真凄凉极了。

　　星痕今夜没有回去，我们对谈对哭的又闹了一夜，不过心情倒比较舒服了，透明时，我们都沉沉的睡去。

梦中我看见元哥了，他还是生前一样沉默无言的望着我，眼角似乎尚有泪痕，他凄楚着说道："菁！我苦了你！……"他嘘着气，同时听见窗棂里呼呼的风鸣，真是可怕的鬼境呢！我吓醒了，睁眼看见窗户幔上，已射上晓日的光辉，星痕还睡着呢。我悄悄披上衣服下床，走到穿衣镜前，看见自己憔悴的瘦影，心头兀自酸梗，唉！命运之神呵！我永远是你手下的俘虏！

四月十二日

两天没到公事房办公了！不免积下许多应办的事情，整整料理了一个上午。编辑教科书，有时真感到干燥，没有兴趣，尤其因为我的心，正是时时涌起波浪的海，我拿着笔不知写什么好，只感到自己是生于梦幻中，——理智的工作譬如是断续的警钟，一声响动，也能从梦幻里醒来，但是钟声一停，便又恢复原状。

有时作得不耐烦，就想放下笔，辞别这单调的公事房，永不再进去，但是想到吃饭的问题，这个决心又动摇了。唉！渺小的人类往往为了物质的生活，而牺牲了意志的自由，在这种环境之下，人间那里还有伟大！

下午回家，接到剑尘的电话，约我明早到北海去玩，——今天人很觉疲乏，不到九点就睡了。

四月十三日

今天天气特别晴明，当我还没起床的时候，已看见金黄色的太阳，照在东边的墙上，窗前的藤花，一穗一穗的都开了，颜色是浅紫——这是我生平最喜欢的颜色，所以每年藤花开时，我是有工夫就向它饱看，直到香消色退，它是软疲得抬不起头来，我也不忍再去看它，只是每日从外面回来时，经过藤萝架，偶尔踏着那飘零花瓣时，总要为它不幸的命运叹气。

但是这时候却是藤花的黄金时代，叶子有的是深碧如翡翠，有的淡绿如美玉，花穗倒悬着，如美人身上的绣香囊，娇丽可爱。那浓郁的香气，更是使人迷醉，我从床上下来，便推开纱窗，怔怔的望着藤花，我醉于它的丽色，我醉于它的温香，这时我如高贵的王子，我感到幸福了。

我坐车到北海去，经过金鳌玉𬴂的时候，已看北海的绿漪清波，远远的白塔，和景山都罩于紫气朝雾中，我进了北海的大门，就沿着北边那条山路前进，一群白羽如雪的鸭，正浮在水面，真是"白毛分绿水，红掌荡青波"，我不觉看呆了。后来布谷鸟在树上，"快快布谷，快快布谷"的叫着，才把我唤回人间，我提起青油小伞，向前走去，看见园里的一草一木，都娇媚的披上新装，在含笑欢迎我呢！

我数着自己匀齐的步伐，不知不觉已来到红色牌楼的石桥上了。远远已看见剑尘站在漪澜堂旁边的山坡边等我，那半山腰的木芍药开得灿烂如锦，我们就在半山的藤椅上坐下谈话。剑尘报告他这几天的工作，又报告我关于时局的几种消息，我只默默的听着，后来他又谈到那夜在月下荡舟的情景，心里又起了莫名所以的怅惘，后来他又要再三问我的病状，我告诉他已经好了，他似乎不相信只注视着我的脸道："纫菁！你又在骗我了，看你的两个眼窝，是那样陷入而且又围着一圈灰色……唉！叫我也没办法！我几次劝你看开些，我也知道这是白说……我深知道你的烦愁，绝对不是几句话所能劝慰得来的，……我自己的能力又薄弱，……但是纫菁……"他说到这句上便顿住了，眼圈红了红，我更觉得难过，眼泪禁不住滚了下来。

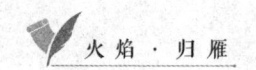

在回来的路上，我一直是咽着眼泪坐在车上，我近来觉得剑尘待我太好了。这一方面固然使我得到安慰，但是另一方面呢？我自己的事情，我自己是明白的，……唉！他要是希望从我这里得到人生幸福，那末我更是对不起他，我是不幸的人，我所能给人的，只有缺陷悲哀……唉！天呵！你太播弄我了！

可怜剑尘他是英秀挺拨的青年，但是我怀惧，我恐慌，我是怯弱无用的人，总有一天，我自己把持不住，不定什么时候，我将让他看到我赤裸裸的心——那是一颗可怕的足以诱惑他的心，然而天知道，这不是我故意造成的罪孽，只是我抗不过命运的狡狯，我们彼此都是命运的俘虏。

现在我还是努力的扎挣，我还能咽着泪拒绝他纯洁的爱，所以近来他虽在说话时，或信中有所表示，我只是背人滴够了泪而后掩饰着——正像我真一无所知的样子。

可怜我宛转的心谁又明白！人们只觉得我是受过大阵仗的，一定能如老僧般一无所动，但是事实又那里如此简单！我近来为了这可怕的前途，不知又绞了多少血泪，戳了几处心伤，——明明知道蚕子作茧，终是自缚，而明知故犯，甘作愚钝。唉！可怜！

我们黄昏时才由北海回来，到家后心神一直不安，我写了一封信给剑尘道：

> 剑尘：你想吧！一只孤零的疲雁，忽然在这冰天雪地的古城中，停在枝枯叶落的梧桐树上，四境是辽廓得找不到边际，没有人烟，没有村落，你想这孤雁将如何的忍受这凄凉！
>
> 但是剑尘：你要知道，如果它是永远永远被造物所弃，让它孤栖的僵死在这广漠的荒郊，也倒有了结果；然而就是这一点希望它都得不到！结果它被一个旅人，捉下

来放在檀木雕成的鸟笼里了。那是旅人的善意，它本当感激，从此忠忠实实的作个依人小鸟，不也就完了吗？无奈它天生成的不羁之性，况且心创难平，因之它几次想悄悄的逃避，到底又放不下待它忠诚的旅人，而且前途也太孤凄了。唉！从此它将彷徨歧路，它将自己焚毁自己。

剑尘！这只孤雁真值得可怜呢！聪明的剑弟！我不敢再在你面前装英雄了，我实在是一个平庸的人，我有人所应有的情感，我一样的易被人感动，不过我们遇见太晚了，只这一点便足铸成我们终身的大憾！我们将永远辗转于这大憾之下，直到我们的末日来临……

四月十四日

今天到公事房去，表面上虽然是作了不少的事，可是心神仿佛野马般放开四蹄，不知跑到那里去了。时时想到黯淡无光的前途，——荆棘遍径的前途，以后是迈一步险一步这可怎么好呢！我想到凄迷的时候，手里的笔落在纸上，墨汁污湿了稿纸，在这黑团当中，我似乎看见魔鬼在狞笑，我不禁气塞咽喉，浩然长叹，同事们都惊奇的向我注视，我被他们冷严的眼光所恐慑，才慢慢的镇静了。

下午回家，觉得心灰意懒四肢疲弱，放下蚊帐悄悄的睡了，但是那里睡得着，只觉思绪万端，如怒潮如白浪，不止息的搅扰着，中夜才朦胧睡去。

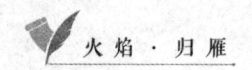

四月十五日

恹恹心情仿佛一只困鹤,低头悄立于芭蕉荫下,无力展翅便连头也懒得抬起来,唉!病又乘隙来侵,怎样好!?今天公事房又不能去,只静静的睡着,有时掀开幔帐,看看云天过雁,此心便波掀浪涌。

下午剑尘打电话来,我告诉他我病了,他很焦急立刻跑来看我。

今夜是极美丽的星夜,天上没有一朵浮云,碧澄澄的天衣上,满缀着钻石般的繁星,温风徐徐的吹拂着,我披上夹衣,同剑尘在白色茶花丛前的长椅子上坐了,我无力的倚在椅背上默默注视着远处的柳梢,——那是轻盈柔软的柳条,依依于合欢树间,四境幽寂,除了星群的流盼,时时发出闪电似的光华外,大地是偃息于暗影中了。

寂静中我听见自己心弦的颤动,同时我也听见剑尘心弦的幽音了。我们在沉默中过了许久,剑尘银钟般爽朗的声音,忽然冲破了寂静,他说:

"菁!我告诉你一件可笑的消息,……那文学教授在打你的主意呢?"

"这本是我早已预料到的笑话,……但是你从那里听来?"我向剑尘追问。

剑尘微微笑了笑,他并不回答我的话,又过了许久,他又说道:"你知道除他以外还有人也作此想呢?"

这确是我所未之前闻的事,不觉惊奇的问道:"真的吗?……谁?请你赶快告诉我吧!"剑尘低了头道:"我不告诉你,你自己猜去吧!"我有些焦急了,"我真想不出还有什么人在……"剑尘不等我说完,他忽然向天长叹,——这实在是很明显的暗示,我的心抖颤了,我不愿意再往下问,于是我们又沉默了。

剑尘走后我兀自在院子里坐了许久,直到夜露浸湿了我的衣裳才回到屋里睡下。

四月十六日

今天扶病到公事房作了一上午的工,回家来,已经神疲力倦,正打算睡下休息,忽然张妈拿进一封信来,看是剑尘的笔迹,我手发抖,我心发颤,忙忙拆看道:

菁姊:昨夜在你家小园里的谈话,我知道你是想不到的——当时我还有许多话。但是我怕你怪我唐突,所以不敢说。不过菁姊!隐瞒又有什么用呢,求你还是让我说了吧!

我明明知道,我所希望于你的……无论如何是办不到,但我自己也不晓得,何以我会发生这类愿望——等于幻想的愿望。

菁姊!我自己也不明白为的是什么?先是同情于你,后是可怜你,最后是——这句话我不该说,不过不说也是事实。菁!你原谅我吧!——最后我是爱你!唉!菁!我明明知道自己是幻想,但我也不能不让你知道,即使现在不说,我以后也得设法使你知道。

其实你过去的残痕,我知道得很清楚,别人可以作这种幻想,按理说,我怎么也不该有这些幻想——而且幻想能成事实的,从来所未有过。然而菁!我告诉你,幻想虽是幻想,但是我无论如何,你是不能阻止但底去爱比呵垂斯的呵!幻想虽然是幻想,但是你无论如何是不能阻止我

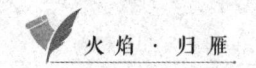

的心幕上印上你的印象呵！这种的幻想我也不敢奢望它能成为事实，菁！我们就走到这里为止吧！不过我最后还要告诉你，菁姊：你的印象已经很深很深的印在我的心幕上了。这也许是我们生命史上一点痕迹吧！

唉！真是罪孽，——剑尘终于赤裸裸的向我表白了，我今后将怎样处置呢？剑尘呵！我对不起你，我将终身对你负疚！

我的眼泪湿透了信笺，我的心将碎于惨酷的命运的铁拳下，我伏在床上，我默默的祷告了。但是那里有神的回声呢！

四月十七日

夜像死般的寂静，便连风吹树叶的声音也不容易听见。只有暗影里的饥鼠，在啃啃木头，发出一些刺耳的声音来。我倦倚在窗前的藤榻上，——我的心伤正在暴烈呢。唉！可怜由战场上逃归的败兵哟！我的心弦正奏着激烈的战曲，然而我已经没有勇气，没有力量了。最后我将成为敌人的俘虏！

唉！我真浅薄！我真值得咒诅！我永远不能赶出心头的矛盾的激战！

现在更糟了，不知什么时候，连一些掩饰能力也失却了。今晚在淡淡的星光下，我一切无隐的向他流露了。我迷惘得忘了现实，我只憧憬在美妙的背景里，我眼里只有洁白的花；热烈的情感。——如美丽的火焰似的情感，笼照了整个的宇宙，温柔舒适，迷醉。但是我发现了我的罪恶，我不应当爱他，也不配承受他的爱，我的心是残伤的，而他的呢——正是一朵才绽蕊的玫瑰，我不应当抓住他，但是放弃了他吧，然而天知道这是万分不自然的，我也曾几次想解脱，有时他的信来，我故意迟些回信，打算由我的冷淡而使他灰心，可是我又无时无刻的不希望他的信来，每次从街上回家，头一件就是注意到书桌上的信，如果桌上是空的，我便不自觉的失望，心神懊丧得万事都没心作，必等到他的信来了我才能恢复原状。唉！这是多少可怕的迷恋呵！

这几天我的精神苦痛极了，我常恨我自己不彻底，我一面觉得世间的一切可咒诅，一面又对于一切留恋着，有时觉得人间万事都可以拿游戏的态度来对付，然而到了自己身上，什么事都变成十分严重了，唉！这心情真太复杂了。因此我的喜怒无常，哀愁瞬变，比那湖面上的天气，变得还快，但是心情虽然是如此，为了生活，整天仍是扎挣于车尘蹄迹之中。未免太可怜了！

四月十八日

人真太神秘了，最聪明也就是最糊涂，比如一个人对于某一件事情已经看到结局了，但是没有走完这条路，他总不肯止步的，我早已推测到剑尘和我的恋爱是不能成功的，按理我就不应当再往前走。可是事实上又不是这样，我觉得心灵中有一种不可抗的力，时时支配着我，在心波平定的时候，还有自制的能力，不过微风过处，又吹起一池波浪！

今天我很决心，——打定主意到此以后不再给剑尘写信，纵使有必需写信的时候，我也再不说一句感情话，慢慢的使他冷下去，……但是太可耻了，今午接到剑尘的信后，我又不能自禁的给他写了信。自然这也许是因为剑尘的信太有力了，他说：

敬爱的菁姊！我看见你昨天的信，不知为什么，我觉得你信中的每一个字，都似利锥般，在我心头狂刺，我看

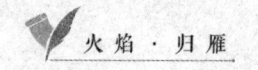

到第三遍时我不禁流下泪来。

　　菁姊！我只知道你是一只飘零的孤雁，所以不愿意我来同情你，爱护你——你的意思是我们俩的境遇差太远了，其实你错了，菁姊！你真错了，……唉！我不忍说……可怜我也只是一个落魄的旅人呵！我走遍了郊野，我爬尽了山峦，然而我依旧是孑然一身，我到如今——除了你没有第二个伴侣，不幸你再弃我不顾，叫我怎样惨凄呢？

　　我也很清楚你的心——你确是茹忍着苦辛呢，但是我也不敢有非分的希望，我只求你让我将我一腔热烈的同情，贡献于你的面前，你收纳了吧！

　　唉！我流出了怯弱的眼泪还有什么？！现在我顾不得许多了，暂且骗骗他和我自己吧！说来真够伤心了。

　　今夜我依然给剑尘写了回信，而且是一封情辞绮丽的信，封上信时，我觉得羞惭，我恨我自己呢！

四月十九日

　　今天我到学校去，恰好遇见星痕，她紧锁着双眉，泪光盈盈的对我说："整天这样，失了知觉似的混着，真不知如何是了？"我默然无言，我本想劝她看开点。可是这话我觉得碍口，我们不是只有应酬而无真情的朋友，我不能对她说那不关痛痒的安慰话，她的身世和心情我很清楚，我不能安慰她，正如同我不能安慰我自己是一样的情形；所以当时我只有叹气，后来我将要走的时候，我咽了咸涩的眼泪说道："星痕想法子自己骗骗自己吧！"她瞧了我一下，眼圈红了，拿起粉笔盒子，低着头到课堂去了。我直看着她伶仃的瘦影，转过夹道，我才黯然的回家去了。

今天家里真寂静，姑妈也出去了，我独自坐在书房里翻了几页书，心头觉得闷闷的，便信步到后院的小花园里看看。只见葡萄架已经搭好了，嫩绿的葡萄在温风里摆动，丁香桃杏都已开残了，满地残红碎紫，使人不忍细看，我正在替花悲伤的时候，忽然间一阵风过，又吹落了不少丁香花朵，洒在白色的衣襟上。我将它兜起来，都倒在金鱼缸里，那些金鱼都受了一惊，蓦然沉到缸底去，后来看见没别的动静，才又慢慢的浮上来，摆动着它那美丽的金色尾巴，在花下游来游去。

我觉得有些倦了，回到屋里，姑妈也已经回来了。

四月二十日

昨夜作了一个怪梦，梦见我独自一个人，不知怎么跑到乱山错杂的荒野去，而且天又是十分阴沉昏暗，我站在十字路口，四境沉寂，没有人，连飞鸟也都绝迹。我正在惊慌失措的时候，忽听见远远有哀乐的声音，——还有人唱着送葬的挽歌，远远的有许多人向这边走来，恍惚有人告诉我，他们是替元哥送葬的。我听了这话，果真相信是这么回事，心里一阵凄酸。我望着那些人哭了。正在万分凄楚的时候，忽见我死去的朋友伊文在我肩上拍了一下，叹道："走吧！跟我们一同走吧！这种世界究竟有什么可留恋的，而且你又是这样孤寒？……"我听了真伤心，想道"果然！活着究竟有什么意义，还是同他走吧。"我正要迈步的时候，忽然听见有人拦阻我道："走不得，你还有多少事呢？"我踌躇了，伊文似乎鄙视我的抛不下，他冷笑着推了我一下，叹道："早呢！早呢！你的梦醒！"我被他一推冷不防摔了一跤，便惊醒了。睁眼一看原来是一个梦。为了

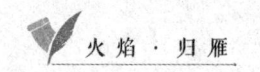

这奇怪的梦,我怅惘了大半夜,我恨我自己愚钝,不知什么时候才是大解脱呢!

我的梦虽然奇怪,但是细想起来,也并非无因,可怜我平日就是在生和死的矛盾中生活着。

近来的心情,似乎有点异样,比较从前更复杂,从前只是一味的诅咒人生,感觉得四境的冷寂,但是我还很镇定,如同冻成坚冰的湖水,永远不起波浪。近来呢!似乎坚冰已经解冻了,心底的残灰又从新燃烧起来——那里来的燃料,天呵!我知道——然而这不过是毁灭自己的结果呵!

不幸我又跑到歧路上来了,前面是乱山丛杂,后面是虎吼狼号,我不能停在十字路口,然而我也找不到我应走的道路!这真太可怜了,自己几次踏践着自己的足迹,恨不得扯碎宇宙的一切,使之都化归乌有,不然我是将要死于矛盾的生活中,万劫不回呵!

四月二十二日

今天是星期日,比较清闲,天气又特别好,太阳照在翡翠色的葡萄叶上,光芒四射,杜鹃鸟在海棠花荫,不住哀啼,风是温馨得使人沉醉,我起床后,随便擦了脸,覆额的短发飘拂在肩上也无心梳整,只呆呆倚着门槛出神。

这些日子,我实在变了一个人,我的心由冷漠而温暖,现在又由温暖而沸腾了,唉!灵的火焰,灼灼的烧着了,怎么好,我有些沉醉了。好像喝了毒酒后的沉醉,我竟失却自制的能力。

午饭后剑尘来看我,我们坐在丁香花下的椅子上,这时小园中的一切,都似浴后美女,娇慵无言,便是鸟儿也似乎有了些春困,蜷伏在叶底,四境阒寂,我们就在这阒寂中,迷醉了,剑尘从丁香树上摘下一小丛丁香花来，插在我的衣襟上笑道："有花堪折直须折，莫待无花空折枝。"我听了这句话心里禁不住一阵悲惘，想到人生数十年，除了衰老病死，得意的时期真太短促了；况且像我这样的身世，自己打碎了青春的梦，便连那短促的得意也失却了，这时我的心抖颤着，我不禁流下泪来！剑尘很诧异地望着，他自然不明白，我这突如其来的悲感；他握住我的手，安慰我道："纫菁！不要伤心吧！以前的一切都算是昨天死了，现在我们好好的快乐，好好的生活吧！"我只点点头，我不愿多说什么，尤其在剑尘面前，我不忍深说什么，因为我深明白他是十分热烈的希望我因他而振作，我也希望我能从他那里得到刹那的迷醉，使我灰色的生命，偶尔也放些光芒。这时我的心弦颤动了，眼前的一切都变了形色，一张温柔的绮丽的情网展开了，我如同初恋的少女，迷醉于爱的醇浆里，我无力的倚在剑尘的怀里；他好像是牧羊人，骄傲而得意的抚摩着这只驯羊。

我听见剑尘的心弦的颤动，它弹出神秘的音调，他轻轻的说道："纫菁！我从你那里认识了生的伟大和美丽，所以设使我离开你，我便失却生的意义了。"

我蓦然受了良心的责谴，我错了，我不应当故设陷阱使他深溺呵！我陡然抬起头，我离开他温暖的怀抱，我抱住梨花的树干，我呜咽了！

剑尘如同堕在五里雾中，他莫明其妙的望着我，最后他叹着气将我送到房里，……直到深夜他才走了。

四月二十三日

今天早晨我到公事房的时候，在路上遇见许多马队和背着明亮

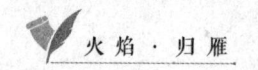

刺刀的步兵和警察，压定五辆木头的囚车奔天桥去。路上的行人，如一窝蜂般跟在后面看热闹，来往的车马都停顿了，我的车便在一家干果店的门前停着。那些马队前面，还有一队兵士，吹着喇叭，那音调特别的刺耳动心，我真有生以来头一次听见，简直是含着杀伐和绝望愁惨的意味，使我不自主的鼻酸泪溢。兵队过去了一半，那五辆囚车陆续着来了，每一辆囚车上有四五个武装警察，绑定一个犯人，在犯人后面背上插着一根白纸旗子，上面写着抢匪一名李小六，那是一个三十多岁的男子，面容焦黄样子很和平，并不是我平日所想象的强盗——满脸横肉凶眉怒眼的那样可怕。又一辆囚车上是一个灰色脸的病夫模样的人，此外还有两辆囚车被人拥挤得看不清，最后一辆囚车上是绑着一个穿军装的人，他把头藏在大衣领里，看不清楚，听路上的人议论，那是一个军官呢！不知犯了什么罪……囚车的左右前后都是骑马的兵队密密层层跟着，唯恐发生什么意外，其实人到了这个时候，四面都是罗网，那里还扎挣抵抗呢？

这一大队过去了，我又坐上车子到公事房去。在车上不住想这些囚人就要离开世界，不知他们在这一刹那是咒诅世界呢？还是留恋世界？是忏悔呢？还是怨恨？我很想从他们脸上的表情窥察他们的心，但是我看不出他们有特别的表示，还很平常的，也许他们是真活够了，死在他们也许认为是快乐的归宿，我虽这么想，而我不敢深信我的话是对的。因为我自己的体验，死，实在是无可奈何的事情，除非我不知道我什么时候死，忽然出其不意的死了。那也许没有什么苦痛。否则预备去死的那一段时间，又是多么难忍的苦痛和失望呵！

我的思想乱极了，在公事房里办着公，依然魂不守舍，一直惦记着早晨那一出人间的惨剧，我真觉得烦闷，为什么人总是那样自私呢！这几个被枪决的囚犯，是为了他们的自私而作出杀人放火的事情，现在大家又为了大家的安逸、自私——而枪决了他们，这世界上都是些偏狭的人类吗？唉！我为了这个要咒诅世界的人类了。

四月二十五日

现在是将近暮春的天气了。我起得很早，七点钟的时候已经到书局去了，在城门洞里我遇见一个奇异的老人，头发须眉都白得像一把银丝，被温风吹得四散飘扬，一张发红光的圆胖脸十分精神，手里拿着四五十份报纸向着走路的人叫道"卖报呵，卖报！"接着就唱起朱买臣的《马前泼水》来了。我的车子从他面前走过，看见他含笑高唱我不禁怔着了，觉得这真是一个奇异的老人，虽然已经有了一把子年纪还是这么有兴趣，同时我不免伤悼自己入世虽然只有二三十年，已经被苦难销磨得毫无生趣了。为了这意外遇见的老人，又使我怅然终日。

下午致一来看我，他近来意兴也很萧条，我们谈些不关紧要的话，大家都像有什么心事似的。我忽然想到星痕。我要问致一他们的近况，但我很明白，这就是使致一很难过的原因，我何忍再去撩拨他，后来致一对我发了半天牢骚，他说他觉得烦闷觉得苦恼，他觉得近来内心和外形的不妥协，往往外面越冷静心里越沸腾，这一颗心好像海洋中的孤舟一刻不能安定……他说着凄然了，我也无法安慰他，只有陪他垂泪，后来致一看见我桌子底下放着一瓶玫瑰酒，他拿来打开接连喝了两茶杯，那神气凄楚极了，我不忍看下去，夺过酒杯来藏到别处去了。但致一已经醉了，他伏在椅背悄悄的垂泪，我将他扶在沙发上睡下，我掩了门回到卧房里，心神也十分不快，不免把那瓶里的余酒一气喝完，昏昏有些想睡，不知不觉睡着了。醒来的时候已近黄昏了，致一还睡着没有醒，我把他叫起

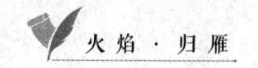

来，让他喝了两杯浓茶似乎好些了，又坐了些时，就走了。

四月二十七日

昨夜睡的很不安稳，头半夜一直作着可怕的梦，后半夜又失眠了，睁着眼看月亮，先是清光照在我的墙壁上，后来渐渐移到窗子上，最后看不见月光。天已经快亮了，疏星在灰蓝的天空闪烁着，远远的公鸡唱晓了，不久老仆人起来扫院子，宿鸟也都起来，站在枝头吱吱的叫唤。而我呢，还是白睁着眼无论如何都睡不着，头部觉得将要暴裂似的痛。

今天公事房又去不了，只得打电话去请假，下午接到剑尘的信，他说：

菁姊，我告诉你一件很悲惨的事情，前天我由你家里回来已经是深夜了，可是还有一个人坐在我的书房等我——他是我中学时的同学，他见我对我说："姓史的祖父快死了，希望我明天去看看他，他家里贫寒，实在很可怜。"我想姓史的也是我朋友的兄弟，——虽是我的朋友已经死了，但是看见他兄弟这样的境遇，自然应当去看看他。

昨天早晨我由东四牌楼乘电车，到了那条街找了许多时候，才找到他的那条胡同，真狭窄极了，况且他又是住在一个大杂院里，一家七八人只住一间破房子，他的祖父又正病着，一家大大小小都围在那老人的床前，等候医生呢。那位姓史的正在院子里，一张破桌上抄书呢——因为他家现在就靠他抄书得几个钱过活，这情景真够悲惨了。我见了他几乎落下泪来。

他见了我脸上的颜色更惨淡了，他低声告诉我说，他祖父的病恐怕没有什么指望了，若是早晚发生了意外，钱是一个也没有着落呢！他说着眼圈红了，我真不知怎样安慰他才好。当时我摸摸衣袋，通身只剩一块多钱，我就把那钱塞在他手里，说道："我今天手边没带什么钱，这一点先送给你零用吧，以后我再替你打算一点。"他接了钱，对我谢了又叹道："当年祖父也曾作过总督，谁想到下场是这样凄凉呢！"我听了这话真是更难过了。忙忙告别走了。到家以后心里一直发闷，想到世界上可怜的人太多了，可惜自己又没有能力，遇见这种事情只有难过一阵子算了，唉，菁姊，世界难道永远这样黯淡吗？……

我看完剑尘的信，心里更是烦上加烦恨不得立刻死了，便什么都看不见听不见了。

我也懒得写回信，没有吃晚饭我又睡了。

四月二十八日

今天心情依然不好，早晨看报，知道智水被枪决了。我更禁不住伤心，智水我认识他很久了，我很相信他是一个有志趣有作为的青年，但是他的结果是这样悲惨，怎样不叫人愤恨呢？唉！什么叫做正义，什么叫做人道，谁又是英雄，谁又是反叛，反正是自私的结果呵！那一个倒霉便作了枪下之囚；走运呢，叛徒立刻又成了伟人了，唉！上帝呵！望你发个慈悲把宇宙毁灭了吧！

我愤恨了一阵，又想到智水身后的可怜了，他的妻也是我的朋友，今年才二十三四岁吧，他最大的儿子也只有六岁，小的一个还未满周岁呢。智水这一死，这一家寡妇孤儿又将何以聊生，我想到

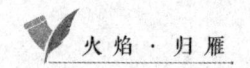

这里真不知怎样才好，什么事也作不下去，吃完午饭，我就跑到智水家里去看他的夫人……唉，天呵！这是一种什么世界呢？太阳失了往日的光色，风发出悲怒的呼声，我才迈进他们家的门槛时，我的眼泪便泻下来了，我的两腿有千斤重，简直抬不起来了！我的心忐忑的跳着，他的夫人满身缟素，伏在灵桌上哀哀的哭，我一把掣住她，什么话也说不出来，只有放声痛哭！最伤心是他的六岁的儿不住声叫道"爹爹呵！我要爹爹！"我将他抱在怀里，他的热泪都滴在我的手背上，唉！我的心真仿佛碎了，这那里是人间呢，简直森罗地狱也不过如是吧！

我到晚上才回家，深夜时我又找到智水送我的一本书——那是我们第一次见面时他给我的纪念品，那里知道这本书真成了我毕生纪念智水的唯一纪念物了！我看了这本书不免又想到人事太无凭了！

一夜又没好生睡。可怜的菁！呵！一重重的刺激，接二连三的向我侵袭，怯弱的心又怎么担负得起。唉！……

五月六日

连日心情不好，身体也失却康健，终日卧床昏睡，日记也间断了五六天，在病里剑尘时常来看我，他的热情使我暂时忘了形体上的苦痛，但是当他离开我的时候，我的心受了更深的谴责。

今天早晨他敲着我的房门的时候，我为了他那惯熟的声音，我流泪了，我转过脸去，闭上眼睛，装作睡着了；他轻轻开了门进来，见我睡着，他就悄悄的坐在对面的椅子上，我等到咽下泪液拭干了泪痕，才装作初醒的样子。睁眼向他点头招呼，他走到我的床前，看了我半天，他叹了一口气道："纫菁！今天你的脸色更憔悴了，神情更黯淡了，唉！……难道我真不能安慰你吗！"我听了这话，不禁眼圈又红了，我转过头去。

四境现出可怕的死寂，我装作睡着了，听见剑尘轻轻的离开我的屋子，他叹着气出了房门，我知道他走了，我才敢呜咽的哭……唉！天呵！这真是太惨酷的刑罚呢，我那里是不需要安慰的，剑尘以赤心来爱护我安慰我，我那能拒绝，但是天已诏示我悲凉的前途了，我那敢任情，当热情如怒火在我心里焚烧的时候，我自己替自己浇下一桶冷水，我自己用剑扎伤我自己，我喝自己的鲜血！唉！这一切一切只有我自己明白……可怜我已是这样压制自己了，而结果剑尘还是受了我的影响，他现在的态度完全变了，从前他是很积极的，似乎不大明白悲哀的意义，然而自从认识了我，他感到人间的缺陷，他觉得自己的不幸，他前几天的信里有一段话说："菁姊！我近来也常常感到烦闷，所有的朋友，只看到我的表面，他们都认为我是乐观的人……其实我内心的苦痛是说不胜说呵！不过除了你没有懂得我的人罢了……"唉！剑尘太不幸了！我辞不得拉人下水的嫌疑……最使我惭愧的是一面要想追求生命的火花，一面自己又来扑灭它，这是多么矛盾的思想呵！

五月八日

今天已经起来了。下午星痕、致一、剑尘都来看我，并邀我到公园散散心，我答应了他们，吃完点心以后，我们便到公园去，这时已经是暮春天气，满地落红，残英碎瓣，因风飘零，真是春色阑珊花事了啊！我不免又想到人间花草太匆匆，不知不觉又是悲从中来，唉！真太脆弱了哟！可怜的灵魂！我自己慢慢的叹息着，但是星痕已看出我的神色来，她不由的也叹了一声，这时我们已来到荷

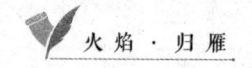

池畔，致一露着有意撩拨的神气，对我道："呵，纫菁！你看流水落花春去也，天上人间。"剑尘听了这话，笑道："得咧！得咧！你几时也学会了这一套！"致一明白剑尘不愿意他惹我们难过，想到刚才所说的话，也不免有些后悔，因此东拉西扯的说些笑话，剑尘也是拿腔作势的谈了些作人的大道理。他们这样傀儡似的扮演，惹得我们又可笑又伤心，星痕不时拿眼瞟着我，我们的心灵正交通着呢，所以当两个人四目相对时，那一种无名的凄酸都冲上心来，眼泪打湿了眼睫毛。

我们在河畔坐了许久，才离开它，经过那条最热闹的马路到后门去。那时我们看见马路两旁坐了许多的人，当我们走过他们面前的时候，人们的眼光似乎都在我们身上激射，星痕悄悄说："纫菁！你信吗？……也许有人正在羡慕我们是青春的骄子，幸福的宠儿呢。"我道："这是可能的，而且我们也并不希望他们了解，是不是？"致一和剑尘听了这话，都说："你们也真是太神经过敏了。"我们不禁也笑了！

我回来以后记了今日的日记，也就睡了。

五月十日

这几天的生活已比较安定，每日按时到公事房去办公，下午没事的时候，不是找朋友谈谈，就是看些新出版的文学书，一切都很平淡的过去。

下午剑尘来看我，我们谈得很痛快，他说："纫菁！我们真是弱者，你想吧！现在的这种社会，我们自然对它表示不满，按理我们应当打破这个社会的组织，而创造一个新的，比较差强人意的才是，但是我们仔细的想一想，我们镇日的咒诅现实社会，可是同时我们还是容纳这个现社会，甘心生活于现社会之中，这不是弱者是什么？……"剑尘这一段话很使我受感动，我从来不大相信我是弱者，因为我的思想，是对一切反抗过；不过事实呢，我是屈服于一切。从前，我曾作着理想生活的梦，我要找一个极了解我而极同情于我的人，在一个极美丽的乡村里过一种消闲单纯的生活，……最初是因为找不到同调毁灭了我理想的一半，现在以至于将来，假使有了这么同调的人，我又顾虑别人的不了解，或者更加以种种恶意的猜疑，卑鄙的毁谤，最后还是去不成。我太没出息了。为什么我要受环境的支配呢？！……不过我相信只要是一个人，不论是天才，或是平庸，谁都不能从环境的镣铐下面逃亡的。……不过天才是时时感觉得那镣铐的压迫，时时想逃亡——时时作着逃亡的梦，而平庸的人呢，他们渐渐的习惯了，不感觉镣铐是镣铐，最后他们与镣铐作了好朋友；天才与平庸之间，所差的不过这一点，要说逃出，谁也办不到，除非是死的时候。

五月十二日

这两天的心情又变了，实在最近一个月来，我虽然也常伤心，但是恍惚中还有一件东西，可以维系我——那就是剑尘纯挚的"爱"，但是现在，现在，我的梦又醒了，使我梦醒的原动力，与其说是受外面冷刻的讽刺的打击，不如说是我先天的根性是如此，——我的根性是飘浮的云，又是流动的风，我时时飘浮，我时时流动，有时碰到山崿中，白云也可以暂时安定，有时吹到山谷里，风也可以暂时息止，但是这仅仅是暂时的，不久云依然要冲出山崿，风也仍旧要逃出山谷，恢复它的自由，——我的灵魂本来就是这样一个不可捉摸的东西，剑尘固定的"爱"怎能永远维系得住

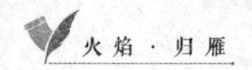

我？到了这个时候，一切一切都失了权威。

晚上作了一首诗：

> 晨风不住的吹，吹起灵海里的悲浪，我咒诅，咒诅这惨酷无情的剧场！个个粉饰自己，强为欢笑舞蹈于歌场。
>
> 不幸这幻梦，刹那便完，最后人类了解那刻骨的悲伤！吁！这时候呵！爱情的桂冠也遭了摧残！翼覆下的一切，从此都沉默无言！
>
> 只有我的咒诅，仍充溢于这惨酷的剧场！

我把这首诗寄给剑尘去了，但是当我将信放在信筒里的时候，又不免有一点后悔……我知道剑尘他虽然很同情我，一切都肯原谅我，而同时他也最关心我的言谈举动，他比我站的地方要牢固得多，他的见解是比较冷静而理智的，因此我这首诗对他更是一个大打击了。唉！我越想越后悔，只得打电话给剑尘，告诉他我那首诗是写着玩，请他看过之后就烧了，或者根本就不用看吧！信差送到时就立刻烧了，但是他说他不能不看，最后他应许我无论如何，他不以这首诗介怀的。打完电话以后，我又不免可怜自己的不彻底。

今晚月色非常清明，我在院子里坐到夜深才去睡觉。

五月十五日

天气渐渐燠暖起来，热烈的太阳光，炙得窗前的藤叶，都软弱得低了头，人们呢也都是十分困倦的，扎挣着一直等到黄昏将近的时候，一切的生物才恢复了活泼的精神。

六点钟的时候，星痕来了，她手里拿着一束鲜花，穿着一身缟素，衬着静穆淡白的面容，一种脱然冷淡的表情，使我震惊了。真的，我每次看见星痕，我的灵魂都得到一种特别的启示呢。

她放下手里的浅红芍药，向我道："你这时候有工夫吗？……"我点头道："怎么样？你要我陪你到南郊去吗？""真的。"星痕说完叹了一口气。我说："好吧！我也觉得这几天太沉闷了，出去玩玩也许痛快些！"

不久我们到了南郊，这时的斜阳，温柔的照着一望无际的碧草。一阵阵的清风，吹干了身上的汗液，身体上一切的压迫都轻松了，这时候的灵魂也得了自由，不必为着身体的痛苦而撑持了。

我同星痕顺着一条土道来到坟园。那里有许多坟墓，有的是土堆起来的，坟头上已长了野草，有的上面新添了土，旁边有纸钱的残灰。有的建筑得很讲究，坟是用白石砌成的，坟前树着白色的石碑，碑上的字都糁着石青，颜色碧绿。星痕走到这座坟前叹了一口气，将鲜花放在石碑前，怔怔的静立着，我偷看她的脸，十分悲惨，一滴滴的眼泪直泻下来，流到坟前的土里去。我的心也正绞着酸辛的情绪，我不能安慰她，只有陪她落泪。

她哭了许久，才渐渐止住了，这时天色渐渐黑下来，郊外的地方，人少坟多，再加着晚风吹过碧苇，发出凄凉肃杀的声音，使得我们不禁胆寒；只得忙忙找着我们的车子回来。

我约星痕到我家来玩玩，她似乎很难过的拒绝我，我知道她的脾气也不愿勉强她，我们的车子进了城时就分路了。

今晚我独自坐在葡萄架下看北斗，寂静的小园中，时时听见蟋蟀的鸣声，不知不觉又惹动了我的愁绪，想到今天和星痕郊外悲楚的神情，胸头犹有余酸，我想着我和星痕两个人，真可以算是一对同命的可怜虫，这个世界除了我没有人了解她；除了她也没有人了解我，我们常常把自己粉饰得如同快乐之神，我们狂歌，我们笑谑，我们游戏人间，但是我们背了人便立刻揩着眼泪。有许多朋友对我说："纫菁！你原来是这样活泼，而多情趣的人呵！但是

149

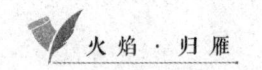

在你作品里，我所认识的你，却和你正相反，到底哪一个是真的呢？……"我听了这话，常常只有一笑，因为我不愿意对不了解我的人解释我自己，而且这是我仅有一点虚伪的幸福，我只要作得到，我总把自己扮饰得比谁都高兴，比谁都快乐，在这个世界上，能够多骗得一个人羡慕我，我就比较多一分的幸福。假使有一个人，为了我的快乐而嫉妒我，我更感到幸福了。我最怕人们窥到我的心，用幸灾乐祸的卑鄙的眼光怜悯加之于我的时候，那比剐了我还要难过，因之我从来不愿向人类诉苦，我永远装作快乐的面孔，对于伤心的事情，似乎都不足引起我的注意。——除非那一个伤心人能了解我，那末都等到欢筵散后，舞台闭幕的时候，我可以找到她，我们一同流泪，一同掬出心的创伤彼此抚摸。……无论如何！我总不肯向幸福的人的面前叹一口气，我总得装得我比他更幸福，我总得挫了他骄傲的气焰，我要看他如小羊般服服贴贴的跟着我，直等到他向我恳求怜悯的时候，我才心满意足，用卑鄙不屑的冷笑报复他，使得他十分难堪后，我才丢下他扬长而去。

我记到这里，忽然想到星痕给了我一个绰号，她说"纫菁！……你是一碗辣子鸡！"我现在觉得还不够，将来总有一天，我将变成最辛辣的红而多刺激性的辣椒糊呢！

五月十七日

可笑！我不是决心要作辣椒糊吗？我要人人见了我眼泪就辣出来，但是这只能希望于不了解我的人，可不足为知我者道呢！

在知我者的面前，我是失却一切造作的能力，这时我又成一只小羊了，需要她的温存和抚爱。

下午我同剑尘逛北海，我们站在全园最高的白塔上，风很狂放的向我吹，白雪变着各种形态，向我头顶飞过去。娇艳的晚霞，横卧在西方的天上，淡淡的眉月，在万绿隙中向人间窥探，远山发出紫色的光来，这时四境真美极了。我忘了现实，只憬憧于美丽的幻景中，我仿佛一个女王般的伟大而丰富。

不久暮色悄悄的包围了大地，灰色的天空，闪烁着万点繁星，夜渐渐的逼近人间，我们便离了白塔下山找我们的归路。

一路上明月眷恋的送着我，一直送我到了家，它犹是不肯舍去，在窗外一直看着，直到我入了神秘的梦境后。

五月二十日

人真是太懦弱——我更是弱懦中的更懦弱者——因之我今天又受了不可忍的打击，直到如今我的心还是流着受伤的血。

今天在一个朋友家里吃晚饭，在座的熟人很多，致一也是一个。饭后我们在院子里闲谈，致一忽向我报告说："纫菁！你知道有人在说你的闲话吗？"我脆弱的心弦紧张了，紧张得将要绷断了，但是我还极力镇定，装作不在乎的样子冷笑道："我早知道总有这些不相干的闲话……但是你是从那里听来的，我们又是怎么个说法呢？……"致一道："自然我也知道那是不相干的话，但是人类浅薄的多，……所以也很讨厌呢……""哦！到底是怎么一件事呢？你早点说罢！"我的心不住的跳，我有点沉不住气了。致一笑道："他们说你和剑尘发生恋爱……并且说你们快要结婚了。……其余还有些轻薄话，也不必说了，我听了都觉得可气。……"

我听了这话，虽是极力不去介意它，但是不能，……我的眼圈红了，致一见我很难过的样子，他赶忙安慰我道："我早已替你辩白过了，……随他们说去吧！又有什么关系呢，……那些人真太爱管

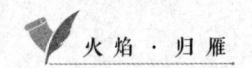

闲事了。"我们正谈到这里，萍云他们走过来，我们只得不再谈下去了，我怔怔的坐着，心里一阵一阵的酸梗上来，我想人们这样议论我们，自然不是什么善意的议论。唉！现在我又成了众矢之的了！

我知道这个闲话，一定传得很久了，前天见着星痕她曾对我说："纫菁！你要留意你的前途，现在人们都对你重视，完全是为了你能扎挣于苦厄的命运中，如果你要是在人前现露了怯弱，便立刻要被人鄙视了。"当时我听了这话不明白所指，现在我才清楚了。唉！是的，我为了要得人们的重视，我只好永远扎挣于苦厄的命运中，还有什么可说！还有什么可说！！

五月二十三日

今天我在巽姐的家里，见着美生，她还是从前那样的娇艳，流光催老了一切，但是没有损害她的分毫，——那一双含情的俏眼，细而且长的翠眉，含着愉悦的笑容，呵！一切一切都和七年前一样，——她幸福的梦，也和七年前一样的沉酣，当然这不免使我嫉妒——不过嫉妒又何济于事！最后我只有恨天，为什么在所有的人群中，偏让我有点特别！唉！天，它给我的一双夜莺的眼，永远追求人们所忽略的夜之神秘。它给我的是琉璃球的头脑，我看透一切事实的背景，因此我无论在什么样的好环境里，我只感到不满足，我总是不断的追求，所以我的好梦比谁都容易醒。唉！而今呵！我造成我自己为一首哀艳的诗歌，我造成我自己为一出悲剧中的主人。

我们今天谈得很有趣，——本来今天这样的天气，槐花的清香，时时刺激人们麻痹的脑筋，合欢树开着鲜艳的红花，时时向人们诱惑——自然这是很合宜谈讲许多浪漫事迹的环境，最初是巽姐的一声长叹，引起美生一篇有趣的议论，她说：" 巽姐！这正是良辰美景奈何天，赏心乐事谁家院！……" 巽姐看着我凄然的一笑，我不由得对她说道："只为你如花美眷，似水流年！" 巽姐听了这话不禁也低吟起来，美生就借着这个心的空隙，直攻进来，说道："巽姐！快一点找一个爱人吧！不要辜负了你的青春呵！" 这句话又引起我一个特快的意想。我细细将巽姐上下打量了一番，觉得巽姐的确很美——身材窈窕如玉树临风，五官又非常清秀，真好像日光下的一朵玉簪花，但是最后我发现了一点缺陷，就是巽姐的脚，是缠过的，现在虽然放了，但仍然有包缠的痕迹，我不禁笑道："巽姐！你如果是一双天足就十分美了！" 巽姐摇头道："还好我不是天足，不然岂不更可惜了吗！" 美生听了这话也不禁叹了一口气说道："巽姐！人生不过几十年，何必自苦如是，我看你和纫菁都应当找个结束！" 美生说到这里，停了一停，又向我问道："纫菁！……听说你和剑尘很好！……那么你们就赶快结婚罢！" 巽姐听见美生的话，也回过头来看着我。唉！这时我心里不由得一阵凄酸！我想到世界上的人尽多，为什么能了解我的人，却这样少——简直少得等于零呢！美生和巽姐总算和我比较相处得久，而他们还是这样不清楚我，别人就更难说了，我一直含着泪默然无言，美生还是再三的要问我究竟，后来我忍着悲痛答道："美生你放心吧！纵使天下的有情人都成了眷属而我也是除外的，……我和剑尘不能说没有感情，但是我愿意更深刻的生活下去，我不愿把一首美丽的神秘的诗歌而加以散文化……" 美生点头道："自然你也有你的道理，不过剑尘他未必也这样想吧！" 这话真正的又是很利害的戳了我的心，我说："唉！……如果剑尘也作此想，那么缺陷的人间，至少也有一件美满的事情了！可是现在呢……我是无意中伤害了一个青年，我只想取得人心的热情，我却没有防备其他的事实……而且剑尘的环境又是个非结婚不可的，……现在他是比从前憔悴了消瘦了，唉！美生我近来正

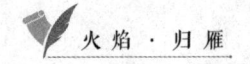

为这些事情焦愁呢！……"美生想了一想道："纫菁！……我有一句肺腑之言对你说，我想你一定能够采纳，……我想你既是不能和剑尘结婚，你就应当疏远他些，不然将来的结果真不堪深想！"我听这话真是感激得流下泪来，"我何常心里不是这样想呢，但是天呵！

我的心是空落落呵！"巽姐见我哭了，她也陪着我落泪，后来我实在不能再支持了，我就辞了她们回家，到家后我又喝了半瓶葡萄酒，泪痕酒滴把一件白色的绸纱弄得斑烂不堪。……直到了苦酒在心里燃烧时，我无力的躺下了，天呵！真太残忍了哟！

五月二十五日

这两天心情坏极了，真好像是一所战场，在那里偃卧着惨白无血的死尸，满场都是殷黑色的血污，呵，多可怕的战场呵！……可怜这就是我的心哟！我不愿和剑尘结婚……我打算疏远他，但是真可羞呵！我一面替他介绍他的配偶，而我一面暗暗的揩着眼泪。我常常想：假使有一天剑尘和他的妻站在礼堂里行婚礼的时候，我心里的剑尘也就同时离开了我，这时我成了沙漠中的旅行者，而且是黄昏时唯一踯躅于沙漠中的旅人，说不定什么时候飞沙将我掩埋了，唉！这样的命运我又怎样抵抗得了呢……可怜我竟因此疲惫了！但是我还不能不拭干了眼泪，写这封是泪是墨，不容易辩认的信，给剑尘。

我写道：

剑弟！……我已经撕碎了我们理想的幻影了，人间只有事实——这些事实自然要译件的解决，那么你的婚姻也正是应当即刻解决的一件事情，唉！剑弟！你父亲的银须，雪亮的在胸前飘拂着，母亲的双鬓，也似晨霜般的闪烁着，呵！他们老了！他们希望他们的爱子赶快成家，不但那是他们的责任，也就是他们劬劳抚育所换来的一点报酬，因此剑弟！千万不可违背他们的话，他们对于你的事情真够伤心了！我记得前夜，我在你家里吃饭，我同你妹妹坐在堂屋里说闲话，你的母亲，提起有人和你作媒的事情……你母亲为了你屡次的否认，她非常伤心，她叹着气对我说："菁小姐，你不知道，我也老了，其实也管不了许多，不过我两个眼没有闭上，一口气没有断，我总不能不问他们的事，再说剑尘也已经二十五六了，也是该成家的时候了，那里承望他张家不要李家不行，将来不知要娶个什么样子的呢！……也许我看不见这个媳妇了，……"唉！剑尘！她老人家的话，真使我听着伤心，当时我看了她老人家那种悲凄的样子，我真恨不得跪在她的面前痛哭，我将对她忏悔……唉！剑尘！我真觉得我是你母亲的罪人，我真对不起她！所以你如果想使我的灵魂被赦免的话，你赶快顺从母亲的意思结婚罢！剑弟！你为了你一双年迈的父母，为了你可怜的菁姊！你在人间扮演一出喜剧罢！

你的菁姊

呵！多谢上帝，给了我绝大的勇气，叫我写了这封信，但信是发了出去，我呢！深深的感到人间的寂寞了，……眼前除了一片广大无边的沙漠一无所有，唉！我禁不住跪在母亲的遗像前，向她哀哀的低诉，似乎她的眼也凝着泪向我看着，……呵！母亲！你如果有灵，你快些来接引你这可怜的女儿吧！

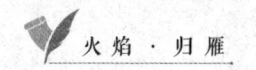

六月一日

  我现在又感到心的空虚了，有时虽然剑尘的纯情依然使我沉醉，然而天呵！我不敢不自己打破这个幻影，因为我很明白，这终于是一个自骗的幻影呵！我想在这种可怕的情形下，只有设法忘了我自己，像一个喝毒酒的醉人，——虽是酒醒的时候，要更感到空虚与冷漠——不过时间总可以减少一些呵！生命在我没有恩惠，只有仇怨呢！

  我实在想不出更好的法子，——除非我是忍着心痛扮演一出又可悲又可怜的滑稽剧……！然后使剑尘恨我，卑视我，从此我在他纯洁的心里，失掉从前的地位，因此也许可以增加我一些勇气！疏远他。

  这两个月以来，我摒绝了一切无聊的酬应，我疏远了许多泛泛的朋友，——我起初很想对自己的生命忠实些，换句话说就是平心静气的作人，然而现在，现在，一切都变动了，我才晓得我这样的人，就不能对我的生命忠实，我就不配平心静气的活下去，实在的，我是更深的认识了我自己，认识了天给我安排的宿命。

  我今天的心绪乱极了，我的心绞结着种种不能清理的情绪，我好像是一个失了方向的旅行者，独自站在满目黄沙的旷野，眼看着落日只剩了一些淡淡的余辉，而我还是找不到一个躲避风沙猛兽的地方，只有看着黑暗的大翅膀，从我头顶上盖下来，那时候我将如死尸般偃卧在沙漠上，我失却了一切反抗的力，只有任运命的尖刀在我身上狂刺，我的血便如鲜艳的桃花般，一点一滴的染了我的衣服，染了黄色的沙土，直到我的血流干，我的死尸成了白骨的时候，天虽有些亮了，然而我已经等不得了！

  不过我也有一个愿望，我不敢向宿命求赦免，我不敢向人间求怜爱，我只愿把绞刑改成枪毙，使我早一些归来，……呵！我常常幻想着一个可怕的将来，——我耽延我的生命直到"老"找到我的时候，那我比现在更要难堪……现在我虽是遍体疮痍，然而我还能扮饰得自己如春之女神，我的力量尚足诱惑一般浅薄的人们，使他们追逐着我，向我唱出欢乐歌调，虽然这只是使得人们听了肉麻的粗俗的歌调。然而形式上也比较得热闹些了，……可是到了老来的时候，我连扮演的力量也没有，诱惑的力量也失去了，那么那些浅薄的人们也都远远的躲着我了，呵！到这个时候呵！不但心是寂寞得不能形容，身也将枯寂得如同到了鬼境，唉！这怎么能再忍受了呢？……这个可怕的幻影时时在我眼前涌现，使我心里觉得快死的必要……可是我生性更是脆弱得可怜，积极的自杀，无论如何我是没有勇气的，——而且我一想到自杀时那种的狞状，我的什么心都歇了，我还是让运命慢慢的消磨吧！总有一天生命的火灭了，我自然可以闭目安静的死去，并且我也算和星宿奋斗了一场，最后虽是失败，也可以无愧于心了。

呵！天！我现在是决定间接的自杀，我想尽能糟蹋我自己的方法，烟酒不是最伤身的吗？然而现在爱它，我要时时刻刻的亲近它，熬夜不是最伤身的吗？现在我每夜都要到歌舞场中，或者欢宴席上，消磨夜的时光，总之怎样能使我生命的火，快些熄灭，我便怎样去作。

六月三日

今天我又醉了，醉得失了知觉，——

黄昏的时候，我到报馆去找致一、萍云，恰好遇见莫君和锡——这是我最近才认识的朋友，莫君是一个有孩子气的大人，他的相貌非常有趣——好像痴呆同时又是特别的深刻，最有趣是他说话的语气和腔调，滑稽有趣，但是有时言浅意深，使人笑口才开，立刻又感到深心的打激，至于锡呢，平日我们谈话的机会不多，不过今天听萍云说他的过去——有诗意的哀艳的过去，因此帮助我对他不少的了解——他是一个深于情的伤心人呢！我们谈得很有趣，谈到前几天莫君请我们吃饭，我和萍云的酒，都不曾尽量，我对他说："莫君！一个人是那样希望刹那的沉醉，而且忘掉暂时的痛苦，这种人是怎样的可怜，你为什么偏偏忍心不让他醉，——连这一点微小的愿望都不许他满足呵！真使我永不能忘记你的残忍……"莫君听了我的话，皱起那一双浓眉，细眯着眼，叹了一口气说道："呵！纫菁！何必呢！……下次一定请你痛饮如何。"锡说："纫菁！我今天请你痛饮，……你可以尽量好不好？"萍云没有等我答言就接着说道："真的吗？……锡，我虔诚的恳求你一定履行你的约言，今天谁也不许阻止我们！让我们这些可怜人醉一醉吧！"锡说："一定！一定！……不过也不要闹得太狼狈了呢！"萍云说："管他呢！狼狈又怎样，我们反正是消磨精神，出卖灵魂的呵！……"锡似乎很脆弱，禁不起再深的打激似的。他低下头，默默的注视着地板。后来他又仰头吟道："举杯消愁愁更愁……"致一这时又坐在旁边微微的笑着"唉"了一声道："你们这是干什么的？……要喝酒就走吧！时间不早了，恐怕巽姐和美生都已经去了呢！"我们被他的话所提醒，才都从牢愁的梦里醒来，如疯子般狂叫狂跑的来到大门口，坐下车子到长盛楼去。

　　我们到那里坐了一坐，美生和巽姐就来了，于是大家点菜，而我和萍云两个人的心却不在菜上，只预备如鲸鱼吞江海似的大喝一场，如果能够就此把世界吞下去了，也许人间的缺陷也同时消逝了！

　　不久伙计摆上冷荤碟子，跟着两瓶花雕也放在桌上，先是锡替我们每人斟了一杯，美生和巽姐还斯斯文文的没有端起杯子来，而我和萍云彼此高举玉杯，厮看着了叫一声"喝"一杯酒便都干了，跟着又是第二杯，我们俩人不过每人七八杯，已经把两斤花雕弄光了，萍云对着锡叫道："快些来酒！锡今天晚上可不能再失信的，……谁要不让我们喝够了，你瞧着，我们有本事把这桌子推翻了。"锡忙应道："喝吧！喝吧！不用着急，有的是酒！"美生瞧了我们那近于疯狂拚酒的样子！几乎吓呆了，在她的生命里只有温柔与甜蜜，她从来没有尝过这种辛辣的味道，也没有看过这种悲惨的样子，……她拉着巽姐的手说道："这是为什么？唉！我看了真难过，你快叫她们不要喝吧！"巽姐摇头说："她们已经疯了，那里管得住呢，……唉！来！让我也陪你们喝一杯。""好！巽姐你也许比我们幸福些，不过你能陪我们这一杯酒，我们要深深的感谢你呢！"美生的脸色都变了，她呆呆瞧着我们，锡也是陪着我们一杯一杯的吞下去，莫君只把紧酒壶说，"慢慢的！你们要喝酒可以的，何必这样拚呢？……呵！纫菁、萍云！———"我和萍云这时已经喝了二十几杯了，大约总有三四斤酒罢！菜一碗一碗的摆在桌上，谁也顾不得吃了！后来萍云对我叹道："毒醉吧菁！……至少可以忘去你一切的伤痕！……唉！什么梦都作过了，而什么梦也都已经醒了哟！"我听了萍云的话，好似听见半天空一声焦雷，把我从醉昏昏的世界里抓出来，摔在冰凌杈枒的深渊里，我感到刻骨的冷硬，我觉得非常的痛苦，我无力的倒在一张藤椅上，我辛酸的眼泪便从那一双紧闭的眼里流出来，……我看见母亲惨淡的面靥了，我听见元哥长叹的声音了，一切过去的悲哀，又都一幕一幕重现眼前，而目前的一切现实！反倒模糊得如从重雾摸索前尘，只见一片茫茫，什么也看不见了。

不知什么时候，她们把我扶上汽车，也不知什么时候，我睡在自己的床上。……在我醒来时，我头涔涔的痛，我的口干得像要冒火，低头一看，出门时所穿的衣服也不曾脱，大襟上满了黄色

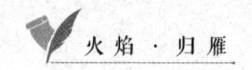

的血色和斑点，大约是醉后吐的残痕，其中还有许多水点，大约是眼泪了，我为了自己这种狼狈的样子，由不得又流出辛酸的泪来。……隐隐的看见窗上的星光，和在星光下树影的摇摆。呵！光那样幽碧而烂烁，影子呢是那样捉摸不定！夜之神哟！你显示着我可怜的心的象征呢！……我追寻着这幽光暗影下的一切，不知什么时候入了梦。

六月五日

这两天以来，害了酒病，什么事都不能作，全身的骨节酸痛！动弹不得，心里呢，也是怅怅如同失了什么，唉！这是刹那沉醉后的报酬呵！

下午剑尘有电话来，我告诉他我病了，他似乎已经知我是因为拚酒而病的，当他用那种又似怨愤，又似怜惜的音调说道："劝菁何必那样糟蹋自己？……"我什么说也再说不出来，我怔在电话边，如同失去了知觉，好久好久，才被电话那面"突突"的声音震醒了，我只说了一句"没有什么事了挂上吧！"……我也不等他的答覆便挂上耳机，跑到屋里，不禁痛苦的哭起来。"唉！天，我何必那样糟蹋自己？！"……我也曾想过真是何必呢？无奈我无法忍耐这缓刑的长时间的难过，还不如我自己用力刺伤自己的心，也许痛苦可以减少一些。可是天下的事太复杂了，我所感受的也太复杂了，我现在好像困于缪辘杂乱的网罗里，我真不知道怎样可以逃出这可怕的环境。唉！只好让它去吧！不必求解脱也总有一天自然解脱的。

今天下午依然扮饰得如娇艳的玫瑰似的，去赴友人的盛筵。……反正不到那一天——手足僵硬得没有办法了，脸成了枯腊脂粉也涂不上了，我总得打起精神来扮演的。

六月八日

　　美酒高歌，我又厌倦了，不但厌倦，我简直对于这一种生活发出诅咒的呼喊了，可怜我寂寞的心，更寂寞了！我的心弦，永远弹着孤独的单音，我静静的听，甚至整夜不睡静静的听，——我希望万一能发见谐和我这单音的歌调。然而那有——这只是永永远远的幻想啊！我将永远弹和单音，直到我死去吗？然而我总不甘心，我还要奋勇的敲开人们的心门，我不信我永远是站在人们心门之外的。

　　我近来的行为，也许是更无羁了。我自己可是并不觉得，不过据剑尘说，我近来的态度大大的变了；他为了我这种不可捉摸的态度很伤心，他怀疑我对他有什么不满意，他畏惧将要从我心里失去从前的地位，他那种因疑虑而憔悴的精神，真使我难过！他有时很气愤我对他的不忠实，我也不愿意申辩，因为我怕申辩之后，更显然他的不了解我。——我不是更要感到寂寞了吗？而且我故意疏远他的一片隐衷，他那里知道，他近来见了我总是露着怨愤的颜色，唉！可怜我也只有咬着牙忍受吧！

　　近来我的心是分外空虚，而我的思想却如乱麻般在心底交萦着，我的灵魂，它是多么狼狈啊！因此我现在的生活更不安定了。我好像一个渴极饿极的夜莺！我捉住玫瑰的枯瓣，用力的吮吸，我看见萤虫的绿光，我以为是深夜的露珠，我拚命的抓住，……及至明白我的错误时，又将怎样失望呢！我，渴得几乎发了狂，心头的火焰看它高起来，一尺一尺的向上高去，最初看见我血淋淋的心被它烧干，渐渐成了灰，以后我的全身慢慢的都变成冰冷的灰了。唉！天啊！这是多么残忍的荼毒呢！

　　昨夜我几乎通夜没有安眠，我对着满天星斗卜我的未来的命运。我对着黑影问我未来的休咎。然而无效！它们永远是沉默着。

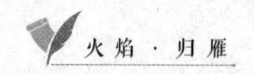

冷淡的看着我！我愤恨极了！从床上跳了起来，把绿色的窗幔撕碎了；一片一片的飘在地上，然而一切仍然是那样冷淡——没有同情，这时我才明白我真正是世界上的孤独者，我禁不住发抖，我悄悄的倒在地下，也不知道经过多少时候，我是失了知觉。及至我醒来时，世界已经变了，夜早不知躲到什么地方去了！明晃晃的阳光，射在我的身上，好惭愧我依然还扎挣于人间！

六月十日

　　我真没有方法使我自己安静，我甚至不敢一个人独坐在房里，因为我的心是太纷乱了，它好像一架风车一般不住的鼓荡着，我真是支持不了，我无"目的"的坐上车子到街上乱跑，当车夫拉起车把问我到"那里去？"我怔住了，只得胡乱答应道"上西单牌楼吧！"车夫如飞的跑了，不一刻就到了西单牌楼，我惘然的下了车，站在电车站旁，车夫以为我是等电车的，就说道："您上那儿去，我再拉您去不好吗？"我摇摇头拒绝他了，他只好扫兴的走开了，我等他走远了，我又跳上一部车子说："到天桥去"，到了天桥，我又坐着车子回到家里，当走进我自己的房门的时候，我不禁掉下泪来，世界这样小，我跑了半天依然还在我的屋里！？而且我跑了半天，我怎么什么也没得到依然是空虚的。……

　　下午睡在床上，仿佛失了知觉，直到太阳下了山，夜幔盖住了阳光，我才渐渐的醒来，我照着穿衣镜，慢慢的看见了我的形体，我漂泊的灵魂，才又回到这可嫌憎的躯壳里来。

　　吃完晚饭的时候，姑妈问我今天一天到什么地方去了？我瞪着眼注视着姑妈，我不知道怎么样回答才好。姑妈见了这种样子，露出惊奇的眼光，向我脸上打量，我被这种探索的眼光所惊吓了，我不禁打了一个冷战，我撒谎了，我说我去找巽姐玩去了，……此刻不知为什么头很痛呢！自然这话可以把她们对付过去，不过姑妈很聪明，她好像知道我有说不出来的苦衷，她连忙应了一声，低下头吃饭不再看我，但是我觉得，她的眼还不时偷偷的瞟着我呢。

六月十二日

　　天呵！我耐不住了——暗愁的压迫使我失去了常态，这时我想从这个压迫底下逃亡，我去找那些不相干的人玩，素日我最看不上的，那些只有躯壳没有灵魂的人，现在我似乎离不了他们，天天和他们厮缠着，于是看电影，吃馆子，一天天的接着这样鬼混下去，也许他们是故意的敷衍我，然而我现在不管这些，我总认为他们陪着我玩，是再好没有了。

　　现在我不愿意看见比较了解我的人，因为我正扮演着一出神出鬼没的滑稽戏文，我不愿谁用灵的光，来点破我所创造出来的愚迷，所以我好几天不见剑尘，他有时来看我，我也淡淡的不大同他说话。他自然是摸不清我的心，因此他恼怒了，也是冷淡的对待我，但我好像一点不觉得似的，好像这种冷淡是很自然的。

　　今天他来看我，一走进门我只冷冷点头让他坐下，他默默的望着窗外的天出神，我呢，低头看一本新买来的小说，大家都像有什么芥蒂似的，屋里的空气，和我们的心，都是一样的紧张。然而我们是一直的沉默着，后来他站了起来，拿着帽子预备回去，他含着怒愤对我说："纫菁！你也稍稍给我留一点余地。"他们活自然是指着我近来的态度了，不过他又那里知道我的苦衷呢？！当时本想分辩几句，然而再想一想，一个人既然找不到能了解自己的人，而偏去向他解释，太没有意思了。因此我只淡然的苦笑，并不去理他，

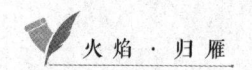

他自然更是含着愤恨，最后他长叹了一声，头也不回的去了。他刚走，我的眼泪就禁不住流下来，我把门用力的推上，"砰"的一声响，震醒我自己因伤愤所迷失的灵魂，四面一看，我才更清楚地认识了我自己，认识了我现在的地位呵！天！我太孤单了哟！

晚上我接到剑尘派专差送来的信，我的心忐忑不宁，我怕——那冷酷的讽刺，我把信拿到手里很久很久我的心只是不停的抖颤。我不敢拆开来看，我睡在床上，我努力的镇定我的心，我好像立刻要绑赴法场的罪囚，我想象那将要来的荼毒。唉！我真恨不得把我的灵魂，赶快离开这个世界！

我睡的时间也许没有我觉得的那样长久，当我起来拆信时，我仿佛听见报时的钟声只打了九下，送信来的时候大约是八点四十分，可是天知道我恐惧战兢的心，好像经过一个可怕的长世纪呢！现在我把信拆开了，我往下一字一字的念了。他说：

菁姊：(请你恕我还是这样称呼你)

你是知道我的为人的，我不愿意在平淡无奇的生活里鬼混，我更不愿意在虚伪欺骗里生活。如果是个极相得的朋友，只要他曾经有一次欺骗我，而被我知道的时候，我就不愿意再和他交识，我情愿没有朋友，一个人永远孤独，我不愿勉强敷衍面子。

我的为人虽然没有一点长处，虽然只是一个平淡无奇的人；自然我不配得到社会任何人的赏识与了解。不过倘使有人要能以国士相许的时候，我也很能忠诚的为这人服务，无奈这都等于梦想，从来就没遇到这一种幸运！

我自己也许没有确定的见解，然而是非恩怨我是懂得的，只要别人不以虚伪相加，我也绝不会以虚伪待人；否则要耍手段我也不见得不会。

我平常虽然很理智，但同时我也有热烈的感情，我也是很易受刺激的，所以当我看见你和别人亲近，而把我置之脑后的时候，我就如同受了极剧烈的弹伤，我当时的气愤，和灰心，我自己真也形容不出，大约我那苍白的面色，和失望的神情，你也不至于没有见吧？！纫菁！你难道真这样忍心吗？

　　唉！世界上的事情变化得太利害了！但是我真想不到你的变化，更是不可捉摸的呵！纫菁！最后我只希望你不要忘记了自己的前途，好好努力你的事业……酣歌宴舞，固然可得到刹那的快乐，但是你要想到欢宴有散的时候，舞台也有闭幕的时候呵！再见吧！菁姊！

剑尘

　　这封信是看完了，当时我心情的剧变，比夏天的云的变化还要厉害，我一时觉得伤心，一时又觉得气愤，一时又觉得委曲，一时又觉得世界上的人太浅薄了，我有些鄙视他们，这种多料的毒剑，刺伤我的心，我看着那一滴一滴的鲜血，由胸前流了下来，那血总有一天把我飘起来，送到天为我预备好的坟墓里去，那便是我的归宿。

六月十三日

　　昨夜睡不着，心里是满着绝望的凄调，在夜深人静的时期，我悄悄的坐了起来，天上有点薄薄的凉云，星宿在凉云后面静静的闪视，我跪在母亲的遗像前，虔诚的祈祷，我告诉母亲我坎坷的运命，但是母亲只含愁凝注着我，她再不肯用温柔的声音诏示我，那时我怎样需要安慰呵？我如同恶虎得不到食物般，由悲哀而变成狂

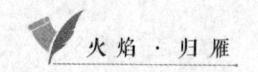

愤，我用怒火燃浇着的眼光注视母亲的遗像，我要把我还给她，我再不愿意扎挣了！然而我忽见我母亲的眼里，似乎流出泪来，星光闪在玻璃框上，是那样静默幽深，我的愤火低下去了！我抱住我的头痛哭……最后我失了知觉……

今天早晨心口作痛，又犯了肝气病，然而我不愿意爱惜这无用的身体，现在我就希望它一天一天的破损，等到那一天成了灰，我的灵魂便解脱了！

下午想到回剑尘一封信，怎样的写法呢？他的信是那样的有刺……唉！可是同时我想到这种由愤恨而淡忘的情形，本来就是我的计划，现在第一步已经作到了，不是可以骄傲了吗！为什么倒因此而怨恨呢？唉！太愚蠢了哟！……可是剑尘的性情我是很清楚的，他有时可以作出出人意料的激烈行为，因此我这封回信更难写了！我只得暂时先缓和他紧张的心吧！唉！纫菁！一劫未平一劫又起！然而这是天心呵！反抗又有什么用处呢！

我扶枕给剑尘写信，——我的眼泪是一直不曾干过，我写道：

剑弟！

我病了！我心口痛，头晕，然而这都不算什么，可怜我的心是受了毒镖的射击！我的心是得了可怜的伤损！现在我是睡在床上给你写这封信。唉！剑尘！请为了我的苦难，特别的原谅我，——冷静些听我凄楚的诉说：

剑弟，你说我近来态度变了，不错！真的变了！但是我所以变的原因，乃由于我的苦闷所迫成的，我怯弱，我没有伟大的扎挣力，我受不了苦闷的锤子的打击，我要想从那里逃亡，——逃亡的唯一方法，就是毫不顾忌的浪漫，然而不幸！你是爱我太深了！你所希望于我的太大了！结果我的浪漫，就变成你最深刻的苦闷了，唉！剑弟！你对我的诚挚，我虽粉身碎骨也难图报于万一，我何敢亦何忍使你过分难堪！不过近来我的心境太坏了，因此我们每次见面，差不多都是不欢而散，——我的心太郁抑了，我只有设法消遣，因此我对我自己的生命，开始不忠诚，我欺骗我自己，……也许这要影响到对你的态度——你所说的欺骗了。

可是剑弟！我求的是刹那的遗忘我自己，我求的是暂时休息我苦楚的灵魂，那里知道，这又是铸成今日彼此苦痛的原因，当然是我对不起你！不过请你再认清我的身世，——我是塞外的一只孤雁，我是被幸福摒弃的失望者，我不希望在人间有悠久的岁月，因此在这短促的生命里，我希冀热闹些，为的这日子比较容易混些，况且我也不愿任何人对于我沉迷太深，以致妨害他们将来的幸福，因此我不愿用愚笨的忠诚对待我的朋友，尤其是我认为好的朋友。

我自从觉悟到这一点，我变了我处世的态度，我要疯狂，我要浪漫，我要热闹我自己，同时我也要蹂躏我自己，总之越快收束越好！

剑弟！世界上对我最忠诚的是你，所以我最后希望你认我是你的亲姊妹，——一个可怜飘泊的姊妹，你原谅她，你包容她吧！

你看见我和别人亲近，你自然要感到气闷，不过你看明白我对别人的态度，更明白我的委曲的心事，呵！剑弟！我知道你绝不忍以鄙视的眼光对待我以残酷冷笑讽刺我了！

唉！剑弟！各人都有前途，而我的前途呢也许是有的，然而那只是孤单黯淡的前途呵！到倦鸟各归林的时

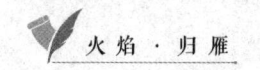

候，我还是独自踯躅于荒郊。剑弟！像这样的人你又何忍过严的责备她呢！

剑弟！我不恨别的，我只恨命运太捉弄人了，我永生都是命运手中的泥；但是剑弟！你太不幸了，我对你将终生负疚，我只祷祝你将来有一快乐的家庭，好好的生活，那时候我或者可以免除一些罪孽。

剑弟！我现在是你阶前待罪的囚犯，我只求你大量的赦免我吧！

我也知道这个世界，绝不是我的世界，总有一天我将由这个世界逃亡，我现在是更深一层的感到悲凉了，我不敢希冀任何人的温存了，我愿生命愈短促愈好，我实在不能忍受这残酷的折磨！剑弟！我虽然是你认为虚伪不堪的怪物，但是这封信我确是含着凄楚的眼泪写的，你相信否？我没有请求的权力，只愿将来我死后，能因为了这封可怜的信，你少恨我几分吧！！

纫菁。

六月十六日

这两天的空气燥闷极了，太阳闪着灼炙的热光，人的体温抵抗不了外面的高热，感到十分的疲软更加上我狼狈的心情真是内外交攻，我简直没有扎挣的力量。下午美生邀我吃饭我也拒绝了，往日我能够压抑住悲伤，在人生的舞台上扮演，今天我觉得我失去了这种能力，我只感到心底的凄酸，我只看见我破裂的心房，不停的流着血滴，……镇日昏沉的睡在床上，看着窗前的藤叶，在风中涌起碧浪，——我便直觉到我孤独的，飘浮海心，无援的悲伤，在这种绝望的时候，我只希望世界发生剧烈的变动，我或者可以在一切经常的束缚中逃出来,然而这只是些无益于事实的空想,造物主那肯轻易释放了他的罪囚呢!

晚上剑尘有电话来,他说他接到我的信了他很难过,他要想即刻到我这里来谈一谈,我听了这话禁不住心酸落泪,我实在怕见他,我不愿使他看见我可羞的怯弱,我不愿使他看见我冷寂空虚的心,这时我是在追求生命的意义,但同时我是避免我所追求到的东西,我回答他今天时候太晚了,明天再谈吧,他怅叹的挂上了耳机,同时我的心感觉到不安和压迫!

六月十七日

今天剑尘绝早就来了,他憔悴的神色和微红的眼圈,很鲜明而剧烈的刺激我的神经,我全身不住的发抖,我怔怔的望着他,我连请他坐都忘记说了,他抬头望着我,也许他已看出我的狼狈,也许他正在后悔他对我过甚的责备,他挨近我的身旁,很温和的抚着我的肩说:"纫菁!不要难过吧……今天我们好好的谈一谈!"我听了这话,心里凄酸更克制不住,我不禁伏在他的怀里呜咽起来,他就势坐在我身傍的沙发上,颤声说道:"请你原谅我吧!你要知道我的心也够难堪了,这几天我什么事都提不起兴趣去作,你想吧,一件顶心爱的东西,忽然间不见了,我怎么不伤感,同时我又看见这个心爱的东西,为旁人所得,我怎能不怨愤,当然我不免要想到你忍心,而责备你了!……但是纫菁!你的苦楚我也很清楚,不过你这样放浪,就真能逃出苦闷的压迫吗?唉!你的身世本来是很凄凉了,但为什么自己还要找悲苦来受呢!我希望你不要只希图一时的癫狂,一时的兴趣而造成终生更深的痛苦!"

唉!剑尘的话何尝不对,但是他太理智了!他只能以平常的眼光,来定我的价值,他那里知道我的癫狂,有更深的意义呢!……

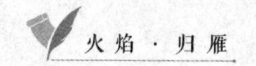

这时我真想告诉他,我的心是怎样的需要他,……然而我不敢!我用力压下我激荡的感情,我冷然的说道:"将来的痛苦怎么样,我现在没有余力去预料;我只望眼前稍微松动一些!……生命在我绝无可恋,也许因此可以很快的收束也难说……总之剑尘!你是认错了人,我们绝不是这世界上的好伴侣……如果你对我有伟大的同情,你只当我是你的姊姊!我希望你始终帮助我,但我不愿你爱我——因为我们的方向不同,既然宿命是如此,我们就应当早些分手……今天我极诚恳的求你……你快些找一合意的伴侣,把你纯洁完整的情爱贡献于她,……到那时候,我敢担保我们的友谊更可以维持到永远……而且也使我飘泊无定的孤雁,有一个依傍的所在……剑尘你答应了我吧!你看!我是怎样的狼狈,你还忍心不赦免我吗?………"

剑尘怔怔的听着我哀婉的诉说,他的热泪溅到我的头发上了,很久很久他不能回答我的话,他只叹了一口气说:"呵!难道说这就是我们的收场!……"我不愿意再去挑动他的心,故作得意的神态说道:"剑尘!这样的收场不也很好吗?……我觉得天下的事情能留些有余不尽的缺陷,是最有意味的,我们好好保留着这一段美丽的而哀伤的印象吧!……"

我们谈到这里彼此的心情似乎都超脱些,我们已经跳出人间的羁绊,而游心于神秘之境了!这时我们不感到悲伤,也不感到欣悦,我们只感到飘洒和泰然。

六月二十日

唉!我真算得可怜,……变把戏的人,是骗看把戏人的钱,他自己虽然知道这完全是假的,而看把戏的人却能满足他们的好奇心，而发生欣悦，在这种欣悦中两方就都有了意义，但是假若变把戏的人，变出把戏自己看，这其间是含着滑稽的悲哀，我不幸现在就是自己变把戏自己看，并且妄想从这里得些安慰，唉！太笨了哟，我在剑尘面前，幻想出种种超然的美丽的影子，我虽是想安慰他，其实我是更想安慰自己，昨天剑尘在我这里谈话我说到许多奥妙美丽的生活，我强把灵和肉分开，我说我们的形迹虽然终久要隔离的，然而我们的心灵可以永远交绕，我说这话的态度非常真切，剑尘也许受了我的催眠，他也曾一度向这条路上追求，他说："好吧！我们的关系仅此而止，我们了解了超然之爱……我们可以向一般的俗人骄傲了。"他虔信我的幻想的态度使我惊奇了，当时我也受了他的催眠，我狂喜得流出欣悦的泪来，然而天知道，这是太滑稽而可怜了！我送剑尘出去，我独自转来，院子里静悄悄的一片通明的月光，从淡雾里透出来，照着我伶仃的身影，夹竹桃的温香，一阵阵由风里吹过来，我如同喝了醇酒般，心身都感到疲软，我斜身坐在碧草地上，隐约看见草隙中的小虫跳动，忽然间我感到寂寞了，我觉到这种美丽的风景，是不宜孤独赏鉴，这时我们灵魂发出饥渴的呻吟，我急切的追求和协的音调……但是很快的，我就觉得这种的追求是永远无望的。

　　这是一阵夜风穿过藤幔，发出澎湃的叶浪声，同时我也听见我心海激潮的声音了，呵！什么超然的美，我是需要捉住那美丽的一切，我用我的心眼捉住他们，然而同时我的手也想捉住他们，可是捉来捉去都是空的，因之我感到不满足，在这种心神恐慌的时候，我忽然看见藤幔背后，有一双洁白而柔嫩的手，我不问他是谁，我发狂似的跳了起来，将他牢牢的捉住，唉！这是怎样柔滑的！……不知那一个英雄的手呵！我将他这双手按着我剧烈跳动的心房，同时我希望他低声的叫我……温柔的叫我，但是我等待了许久，还是寂然，我不禁抬起头来看他，唉！怎么美丽的英雄不见了，再看我

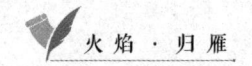

手里握住的是一朵白色的茶花，我羞愧我悲愤，我咒诅这美丽诱人的幻影。我不敢再在这种神秘的境地逗留了。我回到屋子里，有明亮刺人的灯光下，我逐件的再认尽现实的一切，唉！一切都是粗糙的，一切都是污浊的，我站在穿衣镜前，看见我那可憎的形体，我真不能再向他逼视，我如同遇见鬼似的，急忙跑开，我全身发冷，我如同发了疟疾似的，上下牙齿战战有声，我用夹被蒙上我的头，昏昏沉沉不知过了许多时候，才入了梦境。

六月二十三日

唉！天呵！这是真的吗？……这是想到的事情吗？星痕死了！今天早晨我到医院去看她的时候，她已经失了知觉，我握住她枯瘦如柴的手，那手是冰冷的，我由不得打了一个寒噤，就在这个时候，她喉间响了一声，两只眼珠便不动了，她怔怔的向上翻着的眼，好像在追求什么，我赶快放下她冰冷的手，我看她漆黑散乱的头发，我看她无血的口唇，我看她僵硬没有温气的尸体，……然而我不信她是死了。死到底是什么东西？它一向藏在什么地方？它为什么忽然光临到她？呵！死！我知道了它的伟大，它是收束一切的英雄，它是人类最后的家，然而死是有一双黑色的大翼当它覆盖在某一个人的身上时，这个人便与生隔离了，然而是谁给它这一双黑翼呢……哦！我的思想杂乱极了！我站在星痕的尸旁一直想着这些问题，剑尘拭眼泪，致一顿脚痛哭，然而我没有一滴眼泪，我一点都不感觉到心酸，我只感到神秘，我只感到死时候的伟大！"真奇怪，她平常那样爱哭，今天则不哭了。"致一和剑尘悄悄在议论我！我听了这话也很想："哭吧！人人都哭我为什么不哭？"但是我无论怎样努力想哭，可是还没有眼泪，我也想我真有点奇怪，怎样平日心一酸，眼泪便如泻的流下来，今天却这样麻木呢？我真有些不好意思，我悄悄的躲开了，我坐上洋车回家，我的心神一直是麻木的，到了家里，我刚一走到院子里，我忽然间想起星痕素日的行动来了，我坐在书房里，只要听见急促的皮鞋声，就是她来了，我一定放下笔跑去欢迎她，有的时候我觉得在人生的道上跑得太疲倦了，我就跑到她的面前求些安慰，……难道说这一切从此便不会再有了吗？难道说她死了就更不能活了吗？难道说从此再不能听见她的温和的说话了吗？难道说从此就不能看见她潇洒的丰容了吗？……我问……唉！我向空虚上苍问，然而那里有回音呢！唉呀！我才知道死是这样残酷的，我抱住她的遗像放声痛苦——我失去的灵魂我觉得它已经回来了，我能感觉到别人所感到的悲喜了，我才明白刚才我的灵魂是超脱了，现在我自己恋着这个臭皮囊，又把灵魂寻了回来，使它受折磨，唉！星痕呵！你的死又在我心上插上一把利刃了！

六月二十七日

今天是星痕出殡的日期，我失了魂似的跟着她的灵棺去到庙里，许多人都围着她的遗像哭！尤其是那些天真的学生，她们流着纯洁的热泪，深深的感动了我，——平时看不到的同情，在这一刹那间我是捉到了，为什么一个人在生的时候，所得到的同情，绝没有她死的时候的伟大呢……我想到这里不禁发出鄙视的冷笑，人总是人——浅薄利已是人的本性，彼此都在人生的舞台上充一个角色的时候，唯恐失却了个人的利益，互相倾轧。等到一个人死了，他是离开了人生的舞台，这时候他绝不能有所争夺，因之便可以大量的去赞美他惋惜他。唉！真是太无聊了！

我看着许多人在拭着眼泪，我怀疑他们的眼泪是真因惋惜死者

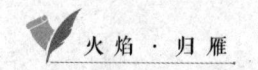

而流的，我看见他们的眼泪含有利己的成分呵！我对于人间的一切怀疑了，我看见人和人中间的隔阂了，谁说人的心是相通的？

我忍不住剑镞的穿刺，我不愿再在人群中停驻，因为人越多越足映出我的孤单来，我只得悄悄的逃开。

我抱着漠漠深哀的心情，回到我凄清的书房里，我的头发晕，我的眼发花，我的耳壳里轰轰的发响，我要发狂了！

七月五日

这几天以来，我的精神发生剧烈的变化，我的心太不安定了，我憎厌所有的人类，我要想逃避，今天我拟想种种逃亡的方法，吃安眠药水吧……触电吧……但是我太没有勇气了！我不能自己来收拾生命的残局，只有等待自然的结果……好在我的身体已经渐渐的衰弱了，好像是将终的蜡泪再让它滴几滴也就要熄灭了。

今天黄昏的时候，天气骤然起了变化，天空遮满了阴云，气压非常的低，似乎将要压着人们的眉梢，不久就听见树叶上面雨点淅沥的声音，雨势越来越紧，檐前的铁管里的水涌了出来，院子里积成了一个小池塘，约有两点钟的光景雨止了，凉风习习的吹着，赶散了天空的薄云，太阳如浴后美女，停在西方的天上，一道彩虹卧桥似的横亘天际，一切的生物都从困闷压抑中苏醒，真是太美丽了！我站在廊子上看彩虹，听风吹柳枝，涮涮飘落的残雨声，一切的烦闷都暂时隔离，我沉醉了。

七月八日

今天是我的姑丈生日，姑妈从昨天就忙着收拾房屋，又从花厂买来许多月季和玉兰花每一个花瓶里都插上了。芬馨的花气充溢了四境，表妹们都收拾得齐齐整整，我看着她们欣悦的忙碌着，我也仿佛有些兴奋。我也换了一件漂亮的衣裳，很消闲的坐在藤椅上，屋子里的一切都似乎含着微笑，到处都充溢着喜气，最初我沉醉于其中，但是不久我发现我的寒伧，我是没有父母的孤儿，——看见人家骨肉团聚的快乐——虽然他们待我也和家人一样，但是我总感到我在这一群之中是个例外，他们越待我好，我越觉得自己的单寒似乎到处需要人们怜悯的眼光，后来我仍然躲到自己的房间去。

下午客人来得更多了，而且她们是那样不知趣，不管人心里高兴不高兴，偏偏问长问短，我又不能不应酬，唉！在这种概不由己的时候，只好像傀儡似的，扮演吧！

十二点多了客人才算散尽，我惘然的坐在屋里的藤椅上，我感觉到四境的压迫一天一天重起来，生命还有多少时候，我虽然说不定，不过这种日渐加重的压迫，恐怕我是扎挣不得了，唉！我想逃……

七月十二日

这些日子多半是在昏沉的状态中度过，烟抽很可怕的多，有时一连气抽十几枝。鼻管里常常出血，姑妈几次婉言相劝叫我戒烟，我知道她的好意，但是天呵！姑妈呵！恕我不能接受你们的好意，我这种失了主宰的心，好像一个无家可归的流浪者，如果不借烟酒的麻醉，那么，这悠悠长日，又将怎样发付呢！

剑尘近来有些怨我，或者也许有恨我，……自然他是不了解我，近来他的行为偏急得使我流泪，人真是太浅薄了，为的是爱一件东西，必要据为己有，否则爱将变为怨恨！

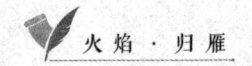

读法国小仲马的《茶花女》，——我有些看不起亚猛了，他那样蹂躏马克看着她死灰色的脸而发出有毒的笑——其实马克的牺牲他那里体谅到分毫，直到他知道个中曲折，后悔时，但已经晚了！晚了！

唉！我现在也只有盼望在我死的时候，或者可以得到别人一滴忏悔的眼泪罢了。

七月二十四日

事情是越来越离奇，今天我和剑尘在一个朋友家的宴会席里遇见了，他的态度是那样辛辣，他故意作出得意的颜色对一般的来宾说："近来我得到了教训——金钱实在是万能的，尤其是恋爱缺不得这个条件……"他说这话的时候，轻鄙的眼光不住的扫射着我。呵！我几乎昏了过去，我觉得全身作冷，我悄悄的逃到回廊上，装作看缸里的金鱼，那不能克制的泪水便滴在水缸里，幸喜他们都没有看出，不过致一有些疑心，他走到我的背后说："喂！纫菁！你干什么呢？"我勉强答道："看金鱼。"自然那声音是有些发颤，致一拉着我的左臂说："去吧！到那边看看荷花去。"我只得惘然的跟着他走了。

荷花果然开得很茂盛，而且气味异常清香，然而我流着血的心，正像那艳丽的红花瓣。我觉得我所看见的不是荷花，只是我浴血的心，我全身又在发寒战，致一怔怔的望着我，低低的叹了一声说道："你们葫芦里到底卖的是什么药呢，怎么剑尘说话总好像有刺似的。"

我听了这话，我只好苦笑着走开了！……

七月二十五日

　　我真不明白人间的友谊是怎样发生的，——昨夜我为探究这个问题，通夜不曾安眠，我很渴望从这里找到一些人间的伟大和纯洁，然而太不幸了，结果我的答案是：友谊就是互相利用，而这个利用又必须是均衡的，如果那一天失掉均衡，那一天友谊就宣告死刑。唉：人与人的关系是这样组成的，人类真太可怜了！

　　我近来的思想总是向使自己更为孤独的方面跑，致一说我是变态，但我自己以为与其说是变态，不如说是有计划的，因为只有这样，我才能够超脱，我才能够作出好像伟大的事情，近来我能对剑尘这样冷淡，真要多谢这种思想的帮忙，我能鄙视一切众生，我才能逃出作茧自束的命运，不过这种思想究竟维系我到什么时候，我是毫无把握的。

　　我最近的生活，表面上是异常的孤寂，不过精神的变化却最为剧烈，在我眼前展露着无数的道路，然而我并没有选择到一条，不过在无数的路口上徘徊，盘旋，最后我恐怕是徒劳而死，——死于矛盾冲突中。

　　我听见两个绝对不同方向的魔鬼在呼喊，同时他们又用尽技巧来诱惑我，我怕同时我又迷恋，在他们的搏斗中我看见生命的火花在闪烁着，可是我这样脆弱的心身怎能负荷这繁巨的重担，最后我倒了，倒在泥泞污秽的沟涧中，拖泥带水，呵！我的两腿抖颤，我一步也不能走了，我的呼吸急促，天呵！我要发狂了！我要发狂了！谁能救一救我呢……

七月三十日

　　今天下午我无意中遇见一个朋友——她从前和我同过学，是一个很深刻的人，一般人都觉得她脾气有些乖张，而我觉得她很合脾胃，她很直爽有些带男性，她对于我是很关心的，常常问到我的生活，所以她今天看见我第一句话就问道："你近来的心境好吗？"我说："现在很平静，每天很规则的工作休息。"她听了这话似乎有些不相信，接着又问道："果真能如此吗？……那我白替你难受了一场。"我听了这话莫明其妙的动了心，我似乎预感到一种不幸的打击，又要临到我身上了。我很诚恳的握住她的手道："请你明白告诉我吧，你究（意）〔竟〕又听到什么消息？"这时我的脸色有点发白，我听见心跳得非常快，说话的声音也有些发抖，她自然多少明白我内心的空虚，无论话说得怎样漂亮，也是掩饰不来的，她极力的先劝解我一番，然后她报告我一个使我难受的消息。她说："剑尘已经有了爱人，你应当知道了吧！"这真是一根锋利的针，恰恰刺在我的心上，但是我不愿意把自己心里的矛盾显示给她，我极力镇定，故意作出非常冷淡的情形说道："这我虽不大清楚，但是我却早已预料到了，而且可以说正是我计划的成功，但不知是怎么个始末，你明白的告诉我吧！"她叹了口气道："剑尘那个人利害起来真够人怕的，但是殷勤起来却也比任何都会，前天我去看电影，在电影场遇着他同着一个年轻的女人——那个女人也并不漂亮，不过皮肤还白净，他们俩坐在一处作出非常亲热的表示，剑尘对她是十三分的柔情，当时我很奇怪，而且我又替你设想，自然我有些不满意剑尘……不过你说是你的计划那就当别论了，不过男人总是男人，……""其实这种事情我也早听惯看惯了，只要他快乐，我就安心了！"我对她说过这话以后，就连忙设法躲开了，我不愿我的怯弱被她看出。

　　回到家里，我的心一直在隐隐作痛，我想到人情真是太不可靠了，我常梦想一个牺牲自己，而成全别人的伟大情感之花，能有一天在我面前开放，结果呢，梦想永远是梦想，没有一个对象是值得我给她这样的神奇的礼赠，同时也没有人肯给我这种礼赠，在这个世界除了求利避害之外，没有更多伟大的事情了，我真有点对于自己的愚笨发笑，在世界奔波了二三十年究竟追求到什么？我是从母亲怀里赤裸裸而来，最后我还是赤裸裸而去，除了身上心上所刻镂的伤痕没有更多的东西了，呵！我怨恨吗？……谁值得我的怨恨！

八月五日

八月十五日

今天下午我独自到南郊去看星痕的新坟，当我走到人迹稀少的旷野时，我的心有些酸梗，这是我半年来常同星痕游憩洒泪的地方，曾几何时她已做了古人，在累累群冢上又添了一座新坟，人生真太不可思议了！

她的坟前有两株茂密的白杨树，在这将近黄昏的淡阳里，发出瑟瑟的声音，我站在白杨树下凝视她安息的佳城，我仿佛看见她腐烂的尸体和深陷的眼窝，孤露的白牙，我禁不住有些发抖，远处丛苇在风里摇曳，似乎万千的阴灵都在那里出没，况且斜阳更淡了，夜幕渐渐往下沉，使我不能再留恋了，我只低声叫着"星痕"以后，便匆匆的回来了。

到家时，空庭寂静，只听见墙阴蛙声咕咕，我坐在绿藤荫下，遥望天空星点渐繁，晚风习习，这时，我心里有着不可说的惆

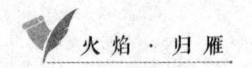

怅,唉!落魄的归雁呵!我为追求安慰而归来,我为休息灵魂的剑伤而归来,但是我所得到的是什么?——唉!更深的空虚更深的剑伤罢了!

夜深了,衣上似乎有些露滴,但月已高高的升到中天,很清晰的照着我寒伧的瘦影,我的视线在模糊的泪液中闪动,我的心正流着新创的血滴!……

八月十七日

今天萍云来看我,我们坐在回廊下面闲谈,热风带来阵阵玉簪花的香气,蜜蜂环绕着我们嘤嘤的叫,天气是多么困人,我们都似乎跋涉远路的旅人,感到心身的疲倦,萍云侧身躲在宽仅及尺的木栅杆上,我只靠着柱子看地上婆娑的树影,我们这样默默的度过了一个下午,后来萍云提议去看电影,我没有反对,因为我也正在找消闲这无聊长日的方法。

不久我们就坐在黑暗的电影场里,今天演的片子,是一出悲剧,情节非常凄楚,再加着那悲感刺心的音乐,我们都为悲情所鞭打,脆弱深忧的心流出不可制止的热泪来了。

休息的时候,我偶然回头,蓦然使我一惊,唉!天呵!只有你知道,我这时所受的槌击,是怎样的惨酷,这时我的头嗡嗡的作响,我的心如用钢绳绞紧,我用死力握住萍云的手,我的身体不住在打颤,萍云惊奇的望着我,一面低声安慰我道:"纫菁!不要伤心吧!忽然间你又想到什么了?"我只摇摇头道:"萍云!我不能忍受了,让我们离开这地方吧!"萍云听了这话,知道一定有点缘故,她便也回头张望,最后她看见剑尘了,他是同着一个妙年的女郎坐在一起,萍云这时站了起来道:"纫菁!镇静些,把你的眼泪擦干,为什么要叫别人看出你脆弱的心,你应当装作是高兴的样子。"

我听了萍云的话,不知从那里冲起一股勇气来,我果然咽下酸泪,并在眼角两颊上扑了粉,装作很高兴很专心的样子看电影。

当电影散了的时候,我们故意慢慢的走,萍云看见剑尘已经走得很远了,她才叫我说:"走吧!菁!"我们出了电影场,萍云替我叫好车,并且她也陪着我回来。

唉!可怜这一夜我们都没有睡,我们彼此谈讲着苦厄的命运,消磨这可怕的长夜。

九月一日

我自从电影场受了深刻的打击后,我一连病了十几天,在这十几天里,只有萍云时来看我,她大约总是每天九点到十点的时间来,在她来的时间,我虽然还不时的流泪,但那已经要算我最幸福的时候了,她走了以后,我便更沉入冷漠的苦境,虽然用着一个老妈子,然而她是那样麻木可厌,我看见她的脸就要感到苦闷的压迫,所以除非万不得已,我从不叫她到屋里来。

我的病情,据医生说是因忧郁而起的,后来又加上胃病,吃了东西就要呕吐;在这种情形下我很希望死神的来临,后来我姑妈请了一位中医,吃几剂药之后竟又好了,唉!大约是磨折还没受完吧!

今天算是大好了,居然又看见阳光,又呼吸室外的空气,没有前途,我还是得准备去碰壁吧!

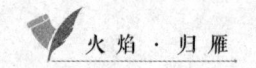

九月三日

九月五日

  这几天气候渐渐凉了，清晨我走来的时候，看见藤叶在秋风里颠动，我的心感到秋意了。秋日的蔚蓝色的天，比任何时候都皎洁，都高爽，风也是很和温的触着我的皮肤。

  下午的时候，我去找巽姐，但是她出去了，我便去找陆萍，他正在写文章，见我去了，他放下笔说道："你今天不来我正想找你去呢！"我问道："有什么事情吗？……"他笑了笑道："也没有什么事情，不过听说你病了许久，我老没得工夫去看你，今天我没到学校上课，想着写完这篇文章去看你，很好你先来了，你到底生什么病呀？"我听了这话心里有些发酸，我默然的答道："胃病。"

  我不愿意他再问我什么，我便拿起一本小说来看，他呢，对着他自己的文章出神，这时候已近黄昏了，屋里的光线非常黯弱，我们都沉默着，忽听门外有皮鞋声，门开了，致一举着活泼的步伐走进来，屋里的空气顿时热闹走来，致一要我请他吃炒栗子，我叫车夫去买，这时候致一坐在我对面，忽然他凝注着我的脸说道："纫菁！你怎么瘦了？"

  陆萍没有等我答言，瞟了致一一眼道："嘿！你别废话吧！老实等着吃栗子吧！"

  致一很聪明，便笑了笑不再说什么。

  我们吃着新炒的热栗子，栗皮便作了武器，致一开始用栗皮抛击我，——当然我知道他的用意，他是想变换变换空气，果然很有效力，我顿时忘了一切的伤痕，也用栗皮还击，陆萍在旁边看着我们笑，正在这个时候，剑尘推门进来了。我仿佛触了电似的，全身不由得打了一个寒颤，悄悄的退到墙角的椅子坐了。

最近我和剑尘之间，似乎竖起一座石屏，我们久已不通信，不见面了，有时无意中遇到——像今天的这种情形，大家也都是默然无言。

屋里现在是有着可怕的冷寂，没有灯光，没有月影，只在模糊的光线中浮动着几个人影。

剑尘这时是用愤怒和卑视的眼光扫射着我，并不时发出沉重的叹息，我只有低着头默默的忍受，几次我的心是燃烧着热情，我要想把我坦白的心，在剑尘面前披露，但是我不敢，我的理智不应许我，同时我不知为什么，我不能静默了，我的心将要从我的胸膛中跳出来，于是我跑到了琴边，唱起苏东坡的《满江红》来，而且我是非常高兴，非常活泼，好像春天花园中的小鸟，致一见我这样高兴，他也真高兴起来，便随着我的声音唱，我们正在要得迷离惝恍的时候，忽听见"拍"的一声响，大家不约而同的怔住了，只见剑尘把一根文明棍，从中间撅成两节，然后对着致一冷笑道："你的兴致倒真不错呵！……这个年头的人真没有什么说头……"

致一莫名其妙的望着他，陆萍低头无言的看着墙上的照片，我呢伏在琴上哭了。

过了些时，剑尘叹了一口气，拿着帽子愤愤的走了，我心里受着非常的压迫，到这时候我怎么也忍耐不住了，我呜咽的痛哭，致一再三的安慰我，陆萍只有悄悄的叹气。……

九月八日

我近来是走到荆棘的路上来了，不断的血滴在使我非常惊吓，我再也不能扮演了，今天我思量了一早晨，结果我决计走，虽然我明知道，此去依然飘泊，前途也未必就有光明，不过这眼前的荼毒也许是可以避免。

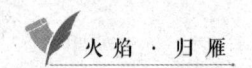

我正预备到书局去辞职，忽然剑尘来找我，这时我的心禁不住怦怦的跳，我用抖颤的手开了房门让他进来，我的视线不敢向他脸上注射，只低声问道："你从那里来？"他的声音也似乎有点发抖道："从家里来。"隔了些时，他接着说道："我早想和你谈谈！呵，纫菁！这些日子我们的形迹却是疏了，可是我对你的心还是一样，可不知道你对我如何？……你最近的生活怎样呢？……你的心情没有改变吗？……"我听了这些话，真不知道怎样回答，过了许久我才勉强答道："我还是这样，反正是消磨时光……"我说到这句，我的心禁不住冲上一股酸浪来，我低下头去。

剑尘不住用锐利的目光打量我，后来他又说道："当然你总觉得我不了解你，在以前也许是事实，不过像近我却似乎明白些了，……朋友们聚在一处谈话，偶尔谈到你，有人说你不久要和某人订婚，我虽然有些怀疑，但是我想你也不过象演剧似的，演完就算，未必真有这事吧？……"

唉！天呵！现在我应当对他说什么，我能把我一向委曲向他面前倾吐吗？……如果我这样办了，谁知道以后将要发生什么结果呢！我还是继续我的计划吧！但是这两个月以来我总算受尽了苦痛，我还有勇气再负担吗？

这种纠纷和冲突在心里交战了很久，最后理智是告诉我应作的事情了，我对剑尘说："……一个人的命运，有时候可以自己创造，有时候是要凭造物主的意旨，所以现在我不能确实答覆你。我将来要作的是什么事情，总之你现在既已有了光明的前途，你好好的追逐。至于我呢，现在不脆弱了，不顾忌了……实在的我近来的思想却比从前进步了，这一点你大约也看得出，从前我虽不喜欢这个社会，但是我还不敢摒弃这个社会，现在我可不管那些了，我想尽量发展我的个性，至于世俗对我的毁誉我不愿意理会，并且我也理会不了许多，所以近来我虽听见人们在谈论我，我也绝不能为这事动心，我已经没有力量为了讨别人的欢喜而扎挣了！"我这时的心真兴奋极了，我好像已经把人类社会的一切摔碎了，我傲然望着云天，似乎我现在是站在云端里呢！

剑尘听了我的话，看了我的样子，他似乎觉得惊奇，他笑道："你的思想的确改变了，既然这样我也就放了心，现在我把我近来的生活告诉你：从前你不是有一封信劝我结婚吗？当时我心里怎么想，不必说你一定很明白了，……不过我呢，事实上最迟两年内也非结婚不可，后来恰好有一个亲戚替我介绍密司秦——这个人你大约许见过，她虽然年纪很轻，但还没有现在一般小姐们的习气，并且彼此感情也很好，……大约我的问题不久也就可以解决了。……并且她很想见见你！"

"见见我吗？"我不由得有些惊吓的问他。

"是的，见见你；我想你一定很愿意，是不是？"

"对了！我很愿意见见她……的确的，我时时刻刻祝祷你们的幸福，因为至少可以补救人间的缺陷于万一……"

"既然这样礼拜天萍云请我们吃饭，就在那里，我替你们介绍介绍。"

"好吧！……"我不能再说下去了。

剑尘走后我怔怔的好像才从梦里醒来！

九月九日

呵！我的心现在是装着万重的悲伤，我的两眼发花，我的耳朵发聋，我的心满了新的剑镞。

呵！我掀开窗幔，院子里浮动着黑暗的鬼影，一切的人类正在沉酣的睡着，——秋凉的树叶是多么清爽多么美丽，然而我现在摒

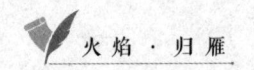

弃了睡魔，捣碎了幻梦，我现在只感到梦醒后的惆怅，它好像利剑尖刺痛我，又好像铅块紧压着我。

想到今午在萍云那里吃饭，他说我有尤三姐的风度，不错，前此，我的确还能粉饰自己如一朵玫瑰，香甜辛辣，有时又像是夏夜的素馨，使人迷醉，但是现在我不愿意再骗自己了。

我把数月的日记，从头读了一遍，我除了自恨愚钝还有什么可说！

好了现在一切都有了结局，最初使我残灰复燃的是剑尘，现在扑灭我心头火焰的也是剑尘。

唉！我要见密司秦吗？不，不，那是比任何刑罚都难忍受，我没有勇气！没有勇气！

今天是礼拜六；唉上帝呵！我决不能再迟延了，让我在明晨日出之前，离开这个地方吧！

我的日记也可以从今天起告一段落。

归雁！归雁！而今负荷着更重的悲哀去了——去了！